AF576286

5-7, rue de l'École Polytechnique – 75 005 Paris
http://www.editions-harmattan.fr

ISBN : 978-2-343-20081-1
EAN : 9782343200811

La maison du vieil homme est comme un poème

Encres de vie

Collection dirigée par Annemarie Trekker

Cette collection a pour objectif de publier des textes littéraires à caractère autobiographique sous forme de récit (de vie), d'autofiction ou de roman personnel, ainsi que des témoignages et des écrits restituant et/ou mettant en scène la mémoire collective.

Dans la même collection :

Agathe Gosse, *À la source de mes mots, le fleuve Congo*, 2014.
Marie Fizaine, *Le goût de la terre*, 2014.
Anne Lauwers, *Les couleurs de la musique*, 2014.
Jean-Paul Procureur, *Alesia, Lettre ouverte à ma mère*, 2014.
Nelly Laurent, *La rue des Songes ou les rêves d'une métamorphose*, 2014.
Christian Leray, *Amor do Mar – Amour de la Mer*, 2015.
Michèle-Baj Strobel, *D'Orient et d'ailleurs. Ateliers des voyages*, 2015.
Laurence Leguay, *Lettre à l'absent*, 2015.
Bernadette Feroumont, *Accompagner la vie jusque-là. Récits de volontaires en soins palliatifs*, 2015.
Jean-Pierre Outers, *Un Voyage à l'envers*, 2015.
Rachel Santerne, *Les jours qui précédaient sa disparition*, 2016.
Annemarie Trekker, *Les maisons de pierre*, 2016.
Marie Fizaine, *Exode 1940. De la Gaume à la Bourgogne*, 2016.
Bernarde Rousseaux, *La mesure du neutre*, 2016.
Jean-Pierre Vander Straeten, *Chronique d'un étudiant à Louvain au temps du* Walen buiten, 2016.
Henri Ostrowiecki, *Mon Conservatoire, côté cour*, 2016.
Agathe Gosse, *Présence*, 2016.
Odette Philippart, *En ce farfelu royaume*, 2016.
Claudine Bonnet et Liz, *Aime trop la vie !*, 2016.
Louis Goffin, *Ciels d'enfance*, 2016.
Isabelle Schmidt, *Ku muana. Genèse d'une folie*, 2016.
Nicolas Gaspard, *Ondes Positives. La radio racontée à Charlotte*, 2017.
Manuela Varrasso, *Le voyage d'Andrea*, 2017.
Nathalie Goosse, *Courir, les sentiers intérieurs*, 2017.
Annemarie Trekker et Jean-Pierre Vander Straeten, *Daglan, Village d'artistes. Au cœur du Périgord Noir*, 2017.
Caroline Tapernoux, Annemarie Trekker, Annie Bergot, Nelly Laurent, *L'héritage insoupçonné*, 2017.
Daniel Wagner, *Monsieur Benny. Dialogues inachevés*, 2017.
Anne de Ligne, *Les carnets d'Oana. Bucarest, 1922-2006*, 2017.
Géraldine des Cressonnières, *Patagonie, Tutoyer l'infini*, 2018.
Jean Malingreau, *Les Famboyants de Kaliurang*, 2018.
Guy Denis, *Sur les traces de la Louve*, 2018.
Emmanuel Ventoura, *Le rire de Rabelais me manquait*, 2018.
Yvon Sondag, *Exilés sur la terre des hommes*, 2018.
Annemarie Trekker, *Naissance d'une grand-mère*, 2018.
Sophie De Baets, *Voyage au bout du burn-out*, 2018.
Françoise Bouchet, *La caméléonne*, 2019.
Annemarie Trekker, Michèle Garant, Louis Goffin, *Le château du Pont d'Oye*, 2019.
Alexandra Van Lierde, *Pas peur*, 2019.
Jean-Pierre Vander Straeten, *Une aventure journalistique.* 4 Millions 4 *(1974-1981)*, 2020.

Pierre Nothomb

La maison du vieil homme est comme un poème

Récit

En hommage à Patrick Nothomb,

à sa présence chaleureuse et passionnée

lors de la réalisation de ce livre.

En mémoire de son grand-père Pierre Nothomb

et du château du Pont d'Oye

qu'ils ont tant aimé.

Préface

PÈRE-GRAND

Le poète avait des petits-enfants. Dans les serres chaudes du Pont d'Oye, au milieu des arbres et des cascades, l'aïeul faisait figure d'ange tutélaire qui possédait le pouvoir d'ordonner les forêts. À nos yeux, un tel univers n'était-il pas normal, avec cet enchanteur dont la voix sonore évoquait les beautés et les mystères de leurs étendues ? Il était en outre sénateur, comme tout grand-père qui se respecte. C'est ainsi que, dans nos premières sensations, nous percevions le charme du monde.

Quant aux recoins du vaste château, ils abritaient meubles et objets divers dont la raison d'être paraissait de capturer les impressions d'un enfant qui conquiert ce qui l'environne. C'est plus tard que nous avons compris la singularité de Pierre Nothomb autant que la situation étrange d'appartenir à une jeunesse privilégiée. Certes, le Pont d'Oye était une demeure où les choses suivaient leur cours paisible, sans que jamais le moindre signe extérieur de luxe ne vînt détruire sa discrète harmonie. Le sentiment le plus fort qui nous habitait était celui de la durée. Les murs du château nous pénétraient d'une impression de sécurité, comme si tout l'avenir se résumait à l'ivresse du présent. Mais cet état de grâce n'existait que par le jeu d'un artiste qui avait fait de sa vie le plus fascinant des spectacles. Il en était à la fois l'acteur et le public, le prisonnier et le metteur en scène, le chevalier en armure et le personnage de Chagall, soulevé par son été d'octobre.

Cela ne l'empêchait pas de piquer quelques colères, aussi brèves que désarmantes. Le patriarche aimait qu'on lui prêtât grande attention. À condition de ne pas enfreindre l'une ou l'autre règle de base, c'était le plus affectueux des hommes. Bref, nous avions devant nous l'Ancien Testament. Sa vie avait été multiple et, en fin de compte, semblable à ses attentes. Car cet homme d'action préférait le bonheur de ses rêves et de sa géopolitique au vertige du pouvoir. Relié par des liens invisibles à l'histoire du Pont d'Oye, il avait en 1932 fait le choix de ses racines et retrouvait en cette pauvre terre d'Ardenne l'humus du vieux chêne qu'il se sentait devenir. La rivière, les étangs, la forêt, les horizons bleus de sa « ligne de faîte » entre le monde latin et le monde germanique suffisaient à sa paix intérieure, même s'il fut à plusieurs reprises accablé par des chagrins domestiques. Mais qui ne l'est pas ? En outre, la proximité du monde sauvage et de ces vastes futaies lui donnait parfois l'élan d'un faune, encore que ses « égéries » sortissent tout droit du jardin de la poésie, cette dernière faisant pardonner ce que l'amour peut avoir d'anecdotique.

Des philosophes inspirés par l'hindouisme pensent que les « âmes » sont parfois retenues sur terre après la mort et attachées au psychisme des vivants. Les tableaux, les chaises, les gravures et les lithographies qui ornaient les salons, les corridors et les chambres du Pont d'Oye exprimaient tous des souvenirs anciens ou des émotions enfouies que leur seule vue parvenait à ressusciter. C'est ainsi que le poète voulut un jour ranimer ces « tendres fantômes » en les couchant dans des écrits qu'il dictait à sa secrétaire. Ce livre est un long monologue, mais aussi un retour sur soi de celui qui fut à la fois écrivain et homme politique, confondant un peu les genres, quoique unique en son approche du réel. Les objets peuvent trahir de petites faiblesses, mais aussi ouvrir des portes sur les sortilèges de Ravel comme sur la chambre obscure de Barbe Bleue.

Le lecteur a le choix d'interpréter ces confessions furtives à la façon d'un promeneur qui écoute le langage des canopées ou qui se charme des « jets d'eau sveltes parmi les marbres ». Ce qu'il peut faire de mieux est d'écouter la voix simple et vibrante d'un homme âgé qui se souvient.

Olivier de Trazegnies. Mars 2020

Avant-propos

L'importance de la transmission du petit patrimoine

Patrick Nothomb, petit-fils de Pierre Nothomb, m'a confié l'édition de ce livre dans un désir profond de partager avec un plus large public ce texte de son grand-père dont il poursuivait la mémoire vive en tant que Président de la « Fondation Pierre Nothomb ». Celle-ci fut créée en mars 1967, avec pour objet de conserver les souvenirs de l'écrivain, se réservant de publier certains inédits et de rééditer des œuvres épuisées, tout en veillant au maintien des traditions locales liées à sa mémoire comme la « Bénédiction de la forêt ». Patrick Nothomb nous a quitté à son tour, en ce mois de mars 2020, au moment même où le projet de ce livre se mettait en place. Sa présence, son sourire, son enthousiasme nous manquent profondément. Ce manque se trouve compensé par le fait d'avoir pu finaliser cet ouvrage, ce qui dot le ravir, de là où il nous regarde.

Olivier de Trazegnies, petit-fils lui aussi de Pierre Nothomb, dévoile dans la préface du livre, la particularité que revêt ce texte écrit ou plus exactement dicté par son grand-père, peu avant son décès en décembre 1966 et l'esprit dans lequel l'aborder. Il me revient à présent de situer le contexte ou plus exactement de l'objet de ce texte « inédit » durant de longues années. Le cadre en est le château du Pont d'Oye, porteur d'une longue histoire depuis les maîtres des Forges, en passant par la fameuse Marquise Louise de Lambertye qui y organisa des fêtes somptueuses, jusqu'à son achat par Pierre Nothomb en 1932. En 2018, le domaine fut vendu à un nouveau propriétaire, ce qui rendait plus essentiel encore de préserver les traces de la mémoire ancienne.

Dans cet esprit, un livre collectif, *Le château du Pont d'Oye. Une mémoire vivante* paru en 2019, a retracé l'histoire et la mémoire du château en tant que lieu d'activités artistiques, culturelles et conviviales. L'objectif du présent ouvrage est de compléter cette approche par l'ouverture d'autres portes, plus intimes. Pierre Nothomb nous invite à le suivre dans sa propriété, de salle en salle, afin d'y découvrir, meubles, objets, vaisselles, tableaux et autres curiosités qu'il commente à sa manière. L'atmosphère qui régna en ces lieux jusqu'aux derniers jours de son propriétaire reste prégnante et nous invite par-delà la curiosité à une découverte personnalisée à la suite de notre guide. Il est vrai qu'il ne repose pas loin de la bâtisse, sous une dalle de schiste qu'il fit installer de son vivant, au milieu des arbres de la forêt tant aimée et chantée dans ses poèmes, avec une vue sur l'étang. Un banc de pierre, à son côté, permet au promeneur et au rêveur de se reposer et de s'enchanter de la beauté du lieu.

Pierre Nothomb a installé au fil des années et de ses pérégrinations, dans chaque salle de sa maison, à la fois des legs et héritages de ses familles d'origine, mais aussi les traces de découvertes récentes liées à ses propres idéaux ou rencontres. L'homme n'a jamais hésité à partir en quête d'objets insolites chez les brocanteurs ou dans les vieilles demeures, abbayes, fermes et églises des environs en rénovation, y joignant les œuvres offertes ou acquises auprès des peintres et artisans de la région. L'ensemble de ce que l'on nomme aujourd'hui « le petit patrimoine » se constitua ainsi au fil d'un chemin buissonnier, érigeant un véritable musée vivant qui nous est restitué dans cet ouvrage. On y trouve une attirance marquée pour les traces historiques et une inclination personnelle pour le courant romantique, celui des Lamartine, Chateaubriand et Victor Hugo mais aussi un intérêt singulier pour les objets sans valeurs autres que symboliques ou spirituelles.

Lors de ma première lecture de ce texte, je fus d'abord intriguée, puis peu à peu captivée par cette aventure du monde des objets, suivant pas à pas l'homme dans l'exploration des salles du rez-de-chaussée, puis du premier étage. J'imaginais les vibrations de sa voix, je captais ses gestes m'indiquant le détail d'un meuble, la courbe d'une statuette ou l'usure d'un fauteuil. J'écoutais l'écrivain et le poète conter l'histoire de vie des choses en y mêlant les anecdotes savoureuses aux précisions historiques. Je percevais l'émotion qui perlait derrière les descriptions.

Très vite, je sus que j'avais entre les mains un écrit porteur d'une transmission subtile, jamais écrasante, qui pouvait toucher un public sensible à ce que les objets racontent de l'histoire des êtres. Cette mémoire-là, liée à l'humain, n'est pas réductible aux modes, ni au passage du temps. Il n'est que de voir le succès des brocantes et des magasins d'antiquité pour s'en rendre compte. La réapparition des artisans spécialisés et des métiers rares nous convainc de la place précieuse que reconquière ce petit patrimoine lié à l'âme des choses inanimées dans nos vies d'aujourd'hui. À nous de leur redonner une nouvelle vitalité.

Un nouveau champ d'intérêt s'est développé ces dernières décennies. Si le passé a été et reste le plus souvent exalté à travers les pierres et les édifices – que l'on pense au succès des émissions et actions d'une personnalité engagée comme Stéphane Bern – la conservation du petit patrimoine en péril, à travers les objets, les savoir-faire, suscite lui aussi un puissant succès. C'est dans cette perspective que se situe l'édition de ce texte de Pierre Nothomb qui redonne à travers les objets toute sa place à la quête de sens.

Annemarie Trekker

Membre de l'Académie Luxembourgeoise

et de la Fondation Pierre Nothomb

Directrice de la collection Encres de vie – L'Harmattan

Les anciennes traces, pourquoi les perdre ?

La maison du vieil homme est comme un poème composé peu à peu au gré des années. À ses propres apports et à ses souvenirs, il a ajouté ceux des siens. Les objets ont pris au fil du temps leur place nécessaire. Ils ont gardé pour lui tout leur sens, toute leur puissance d'émotion mais ses enfants déjà ne les reconnaissent plus. Quand tout disparaîtra de ce qu'il a accumulé, on ne le reconnaîtra plus ou on ne le verra plus dans son décor. Il ne cherche pas ici à se survivre sous cette forme-là aussi mais il essaie de préserver pour ses enfants une image plénière de leur maison de jeunesse qu'ils auront perdue s'ils n'en gardent pas l'ensemble des éléments.

Il a beaucoup d'enfants. Lorsqu'il aura disparu, chacun d'eux, s'ils ne restent pas habiter le logis familial, prendra sa part de cet ensemble. Bien plus – ou bien moins – dès aujourd'hui des meubles, des tableaux, des objets qui appartiennent à l'un ou à l'autre par la succession de leur mère ou de leur grand-mère, sont emportés dans les nouvelles maisons qu'ils édifient pour leur propre poème familial, qu'ils construisent eux-mêmes à l'aide de ces formes qui se chargeront de nouveaux souvenirs. Mais les anciennes traces, pourquoi les perdre ? C'est pour les garder autant que pour conserver l'ensemble qui va peu à peu disparaître que j'ai entrepris d'écrire au Pont d'Oye, dans ces jours d'un dernier octobre, une description de chacune des chambres de cette vieille maison.

Ce n'est pas ma vieille maison, elle a été avant moi celle de beaucoup d'autres, mais elle est devenue ma vieille demeure lorsque tout ce j'y ai apporté de mes autres maisons y a pris sa valeur de détail dans un Tout. Je ne vois rien ici qui ne soit un peu moi. Je ne vois rien qui ne soit menacé de perdre un peu de son âme au jour de la dispersion.

Je vais aller de chambre en chambre. Je vais dicter de chambre en chambre ce que je sais de chaque meuble et de chaque image. Je ne sais si ce voyage autour de ma maison aura le moindre caractère littéraire, mais je sais que j'aurai photographié ou peint tout ce que j'aime entre ces murs et que j'empêcherai ainsi que mes enfants oublient ce que d'ailleurs ils ne savent pas toujours. Combien de fois n'ont-ils pas été étonnés devant un objet insignifiant quand je leur en ai raconté l'histoire. Combien de fois l'un ou l'autre visiteur, lorsque je racontais une anecdote ancienne venue de mon père ou de mon grand-père, ne m'a-t-il pas dit : « Pourquoi n'écrivez-vous pas tout cela ? » Je vais le faire !

On dira peut-être que c'est un catalogue, une énumération ridicule, une accumulation puérile. Cela m'est égal puisque je sais que je constitue ainsi pour les miens un trésor sacré et que je donne un peu de durée à quelque chose de très humble, très modeste, très quotidien, mais qui ne doit pas mourir. Lorsque j'aurai dans quelques jours terminé cette dictée au Pont d'Oye, je verrai ce qu'elle aura donné et peut-être tenterai-je dans ma maison de la ville la même expérience ou la même aventure pour arriver au même demi-échec. Mais non, ce ne sera jamais un échec puisque mon but est seulement de garder pour le plaisir des miens, cet écrit d'un genre que personne, je crois, avant moi n'avait tenté.

Je commencerai par entrer dans la Salle Bleue. Je continuerai par la petite salle, la salle à manger, les corridors, le vestiaire, le fumoir, le grand salon bleu lui aussi, mon bureau. Je gravirai alors le petit escalier de ma bibliothèque et je traverserai celle-ci, chargée elle aussi, plus que toute autre pièce, de pensées et de significations avant d'atteindre la Galerie qui fait suite à la Bibliothèque, je passerai rapidement dans les chambres du premier étage vers le nord. Puis par cette Galerie j'irai à la Chapelle et je terminerai, en bout du corridor Léopold II, par ma propre chambre où sont réunis mes plus chers trésors, mes trésors les plus invisibles.

Je ne monterai pas au second étage et je n'irai pas jusqu'au colombier bien que celui-ci soit devenu pour moi un lieu de repos, de silence et de poésie auquel par leurs dessins et leurs poèmes puérils ont collaboré mes petits-enfants.

La Salle Bleue

Voici cette Salle Bleue. C'est la Salle. « La Bleue Salle » dit le garde Victor. Elle était autrefois séparée de toute la maison sauf par une porte étroite qui allait vers un corridor et elle constituait la cuisine, tout au bout du monde. J'ai transféré la cuisine dans une annexe voisine et j'ai fait de cette salle le lieu d'entrée où je reçois mes amis paysans, les chasseurs bottés, les visiteurs rapides. Elle est dallée de schiste avec à la place du foyer une immense dalle de fer, nous sommes une maison de forgerons.

Elle est ornée en son centre d'une longue table de chêne dont je ne connais pas l'âge et que je crois volontiers bicentenaire. Peut-être date-t-elle du temps de la Marquise, c'est un des rares meubles qu'elle m'ait légués, les autres sont dispersés dans tous les villages d'alentour. Elle est étroite et épaisse sur des pieds massifs avec, aux deux bouts, des ovales. On l'a pendant des années et des années, savonnée, rabotée, grattée après les « cuisinages » et elle a gardé cette espèce de fraîcheur propre qu'a le cœur des vieux arbres utilisés par l'homme. Je ne m'en suis servi qu'une fois comme table de famille, c'était il y a vingt ans. On n'avait pas mis de nappe sur cette table où la faïence paysanne brillait de toutes ses couleurs. C'était un magnifique jour d'été...

On n'avait pas encore placé le long des murs, autour de cette table magnifique, les anciens bancs de chêne de l'église de Vance. Nous les avions trouvés, avec l'ancien curé, relégués dans une remise de l'ancien château de Senocq que nous voulions acheter pour une de nos cousines sinon pour nous-mêmes. Ils sont étroits, incroyablement mal commodes, mais il semble, dans leur austérité bien cirée, qu'ils sont pétris de toute la piété (et aussi de tous les frottements de derrières) des paysans de nos seigneuries familiales... On n'avait pas encore pendu au-dessus de la table ce lustre dont je pris l'idée au presbytère de Saint Vincent chez le jeune abbé Simonet, aujourd'hui curé de Habay-la-Neuve. Il avait utilisé deux crémaillères, les avait réunies par un anneau de fer formant ainsi un grand lustre. Je l'imitai bientôt en utilisant un anneau encore plus large et plus beau.

Il n'y a pas de véritable cheminée. Ce qui apparaît être la haute cheminée de la salle n'est en réalité qu'un simulacre mais combien charmant. Quand, en enlevant le grand poêle familial de l'ancienne cuisine, j'entrepris de chercher dans le pays, comme Philippe d'Otreppe l'a réussi pour Orval, une grande cheminée ancienne, je la trouvai dans l'ancien château de Saint Remy devenu un couvent des Frères. Ils désiraient de leur cuisine faire une grande machine hygiénique et moderne avec des bouilloires et des étuves, des électricités et des thermostats, et ils acceptèrent de me vendre ce vaste monument qui depuis cinq cents ans ornait la grande salle basse de leurs prédécesseurs. Je fis démonter la cheminée, la chargeai sur un camion de tôle pour l'amener chez moi, l'ayant acquise généreusement pour un seul billet de mille francs. Pour les vendeurs, c'était un bon débarras, et elle allait se mettre en route pour venir faire la gloire de ma Salle lorsque le directeur du « Musée gaumais », mon ami Fouss vint me supplier de ne pas priver sa région et sa petite capitale de ce souvenir. Je consentis à la lui céder et je ne sais s'il a jamais compris ou calculé la grandeur de mon sacrifice. Il a fait remonter cette pièce vénérable dans sa plus vieille salle à Virton où chacun l'admire. Et quand j'ai assisté à l'inauguration de l'ensemble, il a bien parlé, avec reconnaissance, des Frères et du vieux château mais il n'a pas dit un mot de moi. Et rien ne rappelle que je suis le principal donateur de ces pierres sculptées.

Comment les remplacer chez moi ? Il y avait de chaque côté de la place réservée, de longues étagères, il y avait dans l'annexe voisine des superstructures d'armoires que j'ai dressées ici et peintes en bleu comme les autres boiseries l'étaient. Et cela fait une forme de cheminée un peu vide mais de quelque allure, que chacun admire bien qu'elle ne représente rien de réel. J'ai placé au-dessus quelques grosses pièces du service de Wedgwood qui entoure la salle, sur les planches bleues, et cela constitue, depuis des années un ensemble assez sortable. À la place de l'ancien foyer, j'ai dressé un humble poêle de Châtillon à trois étages qui brûle le diable et chauffe très bien la salle depuis que j'ai remplacé le seuil usé par les pas de tant d'hommes qui l'avaient creusé sous la porte. On a placé par-derrière, la vieille taque cassée aux armes de Jean-Nicolas de Hontheim, évêque de Myriophite et suffragant de Trèves. Je ne savais pas alors que je raconterais son histoire, que j'essaierais de ressusciter Montquintin frappé trois fois par la foudre et dévoré par le feu et que je verrais un jour, de mes yeux, jaillir du dernier incendie, sourd et muet, la flamme délivrée qui ressemblerait au salut d'une âme écrasée longtemps sous son orgueil et rendue au ciel par une prière et un cri d'espoir. Je ne raconte pas tout cela ici, je l'ai fait ailleurs. Mais sur le sommet du poêle, cette poutre tout en braise, ce bois calciné, je l'ai rapportée en souvenir de ce dernier incendie qui sauva l'hérétique et m'expliqua peut-être, mieux que tout autre symbole, le sens de la Grâce et celui de l'Orgueil muré en lui-même.

De chaque côté du poêle de Châtillon sont accrochées les casseroles et les crémaillères, la jambonnière de fer, la gigantesque fourchette noire, les tisonniers, tous les lourds et beaux objets du vieux ménage. Ce n'est pas un musée ni un bric-à-brac comme on en voit dans les salles d'auberge soi-disant rustiques où ce n'est que décor et toc. Ici cela semble tout chaud encore de l'usage, tout lourd encore des vieilles mains. Comme c'est léger, dès lors, de remonter les yeux vers l'étagère et de voir les dizaines d'assiettes bleues du merveilleux service Wedgwood, de se plaire à compter les beaux objets de cuivre sauvés deux fois, et la seconde fois d'un péril très imaginaire. D'où viennent ces casseroles, ces fers à repasser, ces bouillottes et ces bassinoires, ces lanternes, toute cette petite vaisselle de cuivre brillant, bien frottée par Maxime ? De chez mon père, d'Anvers, de partout.

Pendant la guerre de 1914, ces ustensiles ont été cachés entre les planchers de nos maisons menacées. Les Allemands saisissaient les cuivres pour en faire je ne sais quelle arme de guerre, je ne sais quel alliage de canon. L'héroïsme courant semblait consister alors à maçonner durement dans les caves les vins de Bourgogne et à dissimuler ingénieusement les cuivres dans les plafonds. Nous avons d'instinct joué ici le même jeu au début de la Seconde Guerre. Nous avons fait lever les grosses planches de chêne du parquet de la bibliothèque et nous y avons couché ces cuivres que les

Allemands n'ont jamais cherchés. Il n'empêche que depuis lors ils brillent comme des signes de délivrance. Ils sont entrecoupés de vieilles statues et de formes que j'aime : cette Sainte-Anne en plâtre vert qui ressemble à du bronze, faite d'un plâtre si dur que lorsqu'on voit que ce n'est pas du bronze, on croit que c'est de la pierre. Je la payai cinq francs pour ma toute jeune femme, il y a cinquante ans. Elle garde encore sa fraîcheur, sa dureté, son sourire. Elle est posée devant une ravissante chapelle vitrée de vieux bois que je découvris dans une maison de Grune et qui contenait une vierge rustique habillée de vieille soie et portant sur sa tête une couronne d'argent de même que l'enfant. Comme tout cela était noir dans l'appentis où je le trouvai, comme tout cela brille sous le frottement des servantes. Quand les Allemands vinrent ici, leur premier soin devant ces couronnes d'argent fut d'être pris d'un besoin violent de sacrilège et, pour plus facilement emporter ces diadèmes bien attachés sur les têtes, ils arrachèrent celles-ci avec les couronnes. Je les ai remplacées par des têtes de poupées, grossièrement passées à la cire pour en faire des têtes de bois.

Et puis, voyez au-dessus de ce vieux bureau de chêne à cylindres, précurseur de nos bureaux américains, de chaque côté d'une cuve à liqueurs, ébréchée mais vénérable, les deux statues de bois de Sainte Cunégonde et d'un Saint jardinier. « C'est mon arrière-grand-mère » disent les Briey en regardant Sainte Cunégonde. Pour moi, je me reconnais plutôt sur la tablette de la fenêtre dans ce beau Saint Donat. J'ai rencontré à une récente exposition d'artistes débutants, organisée par l'Académie Luxembourgeoise, un ouvrier tailleur de pierre, nommé Delhaye, natif d'Izel. Il avait pendant toute sa vie taillé de gros moellons, blocs massifs et carrés, pour faire des murs et des tours, et puis il s'était dit qu'en frappant davantage sur cette pierre il deviendrait sculpteur. Il a voulu faire sortir de sa pierre un être vivant. J'ai admiré son Saint Donat dont les mains portent la foudre. Il me l'a donné. Je l'ai emporté chez moi, placé là à côté d'un fragment de croix ramassé sur une tombe familiale qui allait s'écrouler au cimetière de Pétange, à côté d'un enfant Jésus et d'une aile de chérubin trouvés il y peu de temps dans le grenier de l'ancien presbytère de Parette, où n'étaient pas encore venus les derniers voleurs. La tête de l'Ange de Reims ravive le souvenir du temps où Ghislaine en avait le sourire penché. Je le remarquai au cours d'un déjeuner, quand nous étions fiancés, pour les fiançailles de Jacques et d'Adrienne (de Ribaucourt).

Il me reste, pour décrire cette salle, à regarder ce qui pend sur les murs au-dessus des étagères. Il y a ces deux portraits d'ancêtres inconnus. Dix-huitième siècle urbain. Il y a cette station de chemin de la Croix, peinte sur un bois troué par la douleur du monde. Il y a près de la porte de la cuisine, cette peinture, bleue aussi, de Jeanne Portenart qui représente cette salle même. Et il y a au-dessus, la vaste peinture que Marie Howet avait réalisée pour le salon de l'hôtel du Pont d'Oye au moment où je le faisais bâtir. Quand je l'eus loué à des hôteliers honnêtes mais peu sensibles à l'art, ceux-ci trouvèrent laide cette naïve représentation faite exprès pourtant pour leur salle, où l'on voit au-dessus du faîte des arbres, exactement placé à la hauteur du Doux Pommier d'en face, les génies de la forêt et les filles du village s'élancer dans l'espace emportant vers le ciel, aidés par des anges nus mais drôlement asexués, les dons de la terre et des bois, le chevreuil dans les bras de la fille du garde, la tarte sur le plateau de la fille du boulanger et les myrtilles, les fougères, les genièvres, tous les trésors du sol, des branches et des eaux.

Il y a au-dessus de la porte de la petite salle, dans un cadre rond, un portrait au pastel de la Marquise du Pont d'Oye. C'est Daisy de Vinck qui l'a réalisé d'après la jolie miniature du salon. Le dernier tableau de la salle est le premier tableau peint par Albert Desnoy, fils d'un fonctionnaire pauvre et chargé d'enfants, qui dirigeait modestement l'Hôtel des Monnaies où était née la gloire des Allard. Ce petit *Jeunesse Nationale* était devenu grâce à moi commis chez le libraire Dewit. Un jour Michaelis me demanda si je ne connaissais pas un jeune directeur pour *L'Avenir du Luxembourg* qui végétait à Arlon. On l'imprimait à Bruxelles. Ce directeur ne serait qu'un collecteur d'articles et une boîte aux lettres. Je lui envoyai Dasnoy qui dans son bureau vide s'ennuya à mourir. Pour tuer le temps, il se mit à peindre ce qu'il voyait de sa fenêtre : un triste garage brun, puis ce même garage mieux éclairé, puis ce garage encore sous tous les éclairages. Ceci est le premier. J'ai le deuxième à Bruxelles. Il est moins bilieux, moins désespéré que ce début qu'il me donna. Dasnoy s'allégea, fut heureux puis malheureux, devint écrivain, et c'est un grand peintre. J'ai à Bruxelles beaucoup de toiles de lui après cet émouvant essai.

Mais ce qui m'est dans cette salle le plus précieux, c'est entre la porte et la fenêtre, ces deux objets de fer. Le premier est une grande image de Saint Jean l'Évangéliste. Où l'a-t-on ainsi forgé ? Elle était à Tournai chez mon père, ami de l'imprimerie Saint Jean (des Desclée) et je l'ai toujours connue. L'autre est un crucifix de fonte que j'appelle miraculeux. Il est très grand, très ancien, très lourd, et il m'a été apporté il y a quelques années par des ouvriers des usines lorraines qui l'avaient ramassé dans un wagon de mitrailles prêtes à être déversées dans le haut fourneau pour revivre ou mourir en barres de fonte. « Nous voyons tous les jours, lancés ainsi dans la fournaise, me disaient-ils, des objets qui ont une forme vivante, et cela ne nous fait rien. Mais ce crucifix, bien que nous ne croyions pas en Dieu, nous ne pouvions tout de même le jeter au feu. Portons-le au sénateur du Pont d'Oye, nous sommes-nous dit, il sera content. » Rien ne pouvait plus me toucher que ce geste si noble et si simple. J'ai attaché au sommet du lourd crucifix un triple anneau de fil de cuivre que j'ai pendu à un clou gigantesque et le miracle c'est que, malgré sa lourdeur, ce crucifix n'a jamais réussi à étirer cet anneau qui reste souple et arrondi sans que rien ne le déforme en longueur… c'est en disant une prière devant lui que je quitte cette salle, ayant dicté à Mireille ce premier chapitre de la promenade domiciliaire où elle veut bien me suivre ou me précéder pas à pas.

La petite salle de repas

Cette petite salle où nous entrons est une création ingénieuse. Elle a été composée, par moi, de la réunion d'un tout petit office aveugle qui suivait la cuisine et du bout d'un corridor inutile qui se trouvait derrière cet office mais sans communication avec lui. Un grand mur séparait ces locaux. Je l'ai fait percer un jour par mon garde Burnonville. Saisi de courage et comme de fureur, le mur s'est abattu sous ses coups, dans toute sa partie inférieure. La partie supérieure a formé une simili voûte très épaisse et très risquée, qui pourrait bien un jour s'écrouler sur les têtes de ceux qui s'assoient ici autour de la grande table carrée. J'ai ensuite percé des portes vers la nouvelle cuisine et vers la salle à manger et cette pièce de passage ou de complément est devenue si habitable que nous y prenons chaque jour le petit-déjeuner (ceux qui descendent), et que nous avons plaisir à y prendre tous nos repas, même avec des invités, quand nous ne sommes pas trop nombreux.

L'inventaire des objets qui la garnissent sera court et facile. La grande table carrée a été rachetée par moi à la vente de la vicomtesse de Jonghe quand on a dégarni sa villa de Grune achetée par les Werner van der Straten. Cette vieille dame fort indépendante avait bâti une grande maison qui était un château, et c'étaient les Ramaix, fiers de leur comté de Grune qui, dédaigneusement, pour empêcher la concurrence, l'avaient surnommée la « villa ». L'armoire qui est dans le mur a été conquise à Nothomb (village) par les soins de

Marie Thérèse Malou et du bon et juste bourgmestre Thommes.

La pendule sur le coffre vient d'Anvers, je crois, comme vient de Loenhout la ridicule et touchante vasque d'albâtre qui, sur la cheminée de la salle à manger, faisait la gloire de la vieille tante Louise. Ghislaine a bien longtemps laissé cette vasque en pension chez les Dames Religieuses à qui sa sœur avait donné le château et sa part de meubles. Elle trouvait cet objet fort laid avec dedans ces fruits de pierre mais ceux-ci sont coloriés d'une façon si charmante, figues, poires, pommes, prunes aux tons passés, et les feuilles de vigne d'albâtre qui débordent de la coupe sont si naïves et ridicules que cette antiquité du temps de Louis Philippe pourrait faire facilement, au milieu de la vitrine du faubourg St Honoré, le plus bel ornement du magasin célèbre intitulé « Au mauvais goût ».

Le grand buffet de Boulle et les deux tables à jeu du même Boulle, ou plutôt d'un de ses imitateurs, font partie d'un nombreux mobilier dont nous retrouverons les débris un peu partout dans la maison et qui faisait la gloire du salon de la rue des Palais chez notre vieux grand-oncle Gustave de Bavay dont je racontais l'autre jour le roman suranné à Jean du Four et à Monique de Gruben. Beaucoup de cuivres incrustés dans l'ébène de ce mobilier pompeux et dépassé se détachent peu à peu, et ayant trop souvent accroché quelque fond de culotte ou robes, leurs arabesques sont jetées dans mon bureau quand elles tombent, au fond d'un vieux coffre où mes héritiers trouveront peut-être de quoi restaurer ces vieux meubles au reste assez beaux. Je tremble toujours qu'un coup de pied d'enfant vienne casser les glaces ondulées des deux vitrines du côté de ce buffet. C'est un miracle, après tant d'années de péril, qu'elles vivent encore.

Je fais maintenant le tour des murs. Une petite glace ancienne venue d'on ne sait où, mais que je connais, semble-t-il, depuis des siècles. Le tain en est usé et chaque visage qui s'y mire apparaît comme un visage tavelé d'ancêtre mélancolique. Au-dessus de la porte, se trouve un panneau sculpté, seul débris emporté de la maison de la rue d'Arlon où son médaillon et ses fleurs de bois peints en gris Versailles surmontaient une glace abandonnée. Tristesse d'une maison disparue, avalée, semble-t-il, par l'immense building de l'Euratom. Que reste-t-il des douleurs, des joies et des amours des lieux disparus ?

Mon portrait par Alfred Martin, avec le nœud papillon de mes trente ans et mon veston clair, a été peint à Nassogne lorsque ce bon et touchant peintre, veuf avec deux petites filles, vint y faire celui d'Adrien de Prémorel. Il me fit poser devant une glace. J'ai le monocle à l'œil. Je le portais alors avant que les nécessités doctorales m'aient persuadé de l'opportunité d'arborer plutôt des lunettes. Les Arlonais, au cours d'un meeting eussent vu en moi un faiseur d'embarras ou un officier prussien. J'avais d'ailleurs décidé, peu avant, de laisser tomber ce monocle parce qu'un jour à la « Grande Harmonie » au cours d'un meeting de « l'Action Nationale », j'avais vu tout à coup que les deux autres orateurs, le colonel Reul et Édouard Huysmans portaient aussi un monocle. Cela rendait notre trinité tout à fait ridicule. Ce portrait d'Alfred Martin, je le regarde aujourd'hui du haut de mes vieux jours. Quand il fut exposé à Namur, à une rétrospective de ce portraitiste liégeois, Maurice Fallon m'écrivit qu'il était incroyable que Martin m'eût vieilli à ce point. Il ne m'avait pas reconnu. Comme aujourd'hui, je voudrais me rapprocher de cette vieillesse d'autrefois.

Un peu plus loin, voici un paysage de Breyer. Ce peintre arlonais dont le talent était magnifique et que je dus protéger après la guerre quand on le persécuta et le punit parce qu'il avait accepté de donner des cours sous l'occupation allemande dans une école des Beaux-Arts ou des Arts et Métiers tolérée par la Kommandantur, a du s'exiler. Il a mûri sous le ciel méridional de son exil. Il vient de faire à travers l'Europe une série d'expositions superbes. J'ai presque été tué par les ridicules personnages qui s'érigent à Arlon en parangons d'un faux patriotisme, lorsqu'après l'exposition du Palais des Beaux-Arts que je lui avais fait ouvrir, j'osais écrire dans mon « Avenir du Luxembourg » toute l'admiration que j'avais pour ce noble peintre devenu presque religieux dans la méditation et la hardiesse. Ce petit clocher du pays d'Arlon dans un paysage de toits, d'arbres et de brumes était pour moi depuis longtemps la récompense qu'il m'avait donnée, de notre fidélité.

J'arrive dans cette « petite salle » au premier coin consacré à Léopold Ier dans cette maison où il y a en a tant. Le beau portrait du roi des Belges gravé en 1836 à Paris par Calamatta, d'après le dessin de Georges Hayter fait en 1817. La tête tournée dans son col brodé de jeune et beau général, il rencontre sur le panneau d'en face l'image de « our future queen » avec ses yeux globuleux, peint en 1837 par le même Sir William Hayter. Elle tient à la main une rose. Elle est laide et fraîche avec tout le ridicule touchant d'une adolescence qui se survit et de l'embonpoint commençant d'une rose lourdeur qui menace. Voici la première apparition aussi du grand-père de ma mère, Jean-Évangéliste-Abraham von Kriss. Au-dessus de la ravissante aquarelle de sa ville natale de Feldkirsch, il est en bel uniforme militaire, avec sur sa poitrine la Croix de Bavière. Il n'est pas encore le vieil homme noble, épais et solennel que je retrouverai tout à l'heure dans ma chambre.

Si mêlée à l'histoire de la famille de sa femme, Eugénie Fosses de Porcheresse, les ravissantes gravures du château de Vierves proche de Philippeville et de celui de Baronville si mêlés à l'histoire de mon roman « Risquons tout ». Voici enfin, pour l'inclure dans le cycle de ces châteaux léopoldiens, l'image de l'entrée du petit château rustique que j'ai appelé « Fauquebois ». Un berger sous sa houppelande passe sous les arbres roux et va entrer sous le porche. Cette peinture fut frottée légèrement en teintes vertes et sombres par mon grand-père Édouard de le Court. Je suis peut-être le seul, ayant écrit « Fauquebois » et aimant encore ce petit roman, à y trouver quelque charme.

Le grand tableau entre les deux fenêtres m'a été donné par Paul du Bus qui l'avait peint en revenant d'Ouren sans se douter qu'Ouren deviendrait l'habitation d'un grand peintre, mon jeune ami Roger Greisch. Lui-même, Paul du Bus, aurait pu devenir un grand artiste, il avait le sens de la synthèse. Son château-fort sur la colline, la chapelle au bout de celle-ci, l'autre chapelle au creux de sa vallée des trois frontières, les grands bois qui s'élèvent autour, ces formes rondes presque géométriques, des lignes, des chemins, des objets, des arbres soufflés par le vent de la vallée profonde, cela ne ressemble en rien aux détails du village d'Ouren où j'allais me mettre à l'écoute de la Belgique et de l'Allemagne (dans « Le sens du Pays ») mais c'en est vraiment le visage.

Je passe l'aquarelle ingénieuse, dans l'embrasure d'une fenêtre, de mon premier beau-père le président Bamps, où je retrouve sur une cheminée de son salon d'angle ses potiches et ses beaux meubles pour finir ce pèlerinage devant la jolie Notre-Dame de Luxembourg pailletée d'or et hélas rongée par l'humidité, que Jacques le Gral a choisie pour moi dans ses curieuses collections. C'est la « Consolatrix afflictorum » de Melchior Wiltz dont mes enfants se souviendront qu'il était leur arrière-grand-oncle et qu'il instaura à Luxembourg, après la conquête française du pays de Montmédy, cette vierge du pèlerinage national d'Avioth qui fut ravie par le conquérant aux dévotions de nos pères.

J'aurais fini la description rapide de cette chambre peu chargée si je ne disais le plaisir que j'avais eu de couper dans de vieux livres dépareillés ces jolies images anglaises qui surmontent le lambris et qui représentent des villes et des sites de la Belgique de 1830, vues par un délicieux graveur anglais. Comme le monde a changé, mais comme il reste le même.

Trois assiettes au-dessus avec leur bordure de fleurs bleues provenant des premiers travaux de Boch à Keramis conservent aussi ces mêmes images désuètes. Il y en avait six, les autres ont été cassées. Celles qui restent sont à mes yeux le reflet de la fragilité. Nous sortons. Ne nous laissons pas accrocher par la gravure qui représente le château d'Useldange en souvenir de ce margrave de Bade et de sa prodigue épouse née princesse de Suède que d'arrière-grands-parents durent un jour soutenir, et en face, autre souvenir princier, plus moderne, par les photographies de l'un des passages dans cette maison et aux Épioux de notre chère Marie Bonaparte et du gigantesque et grand prince Georges de Grèce tenant à la main le petit François Roelants qui, le matin quand il logeait ici, allait galoper dans sa chambre.

La grande salle à manger

La grande salle à manger du Pont d'Oye présente aujourd'hui, sur son imposante table, la nappe d'un bleu profond que me donnèrent les enfants Gerlache avec beaucoup de serviettes exagérément couronnées, pour me témoigner leur reconnaissance. Ce bleu se détache sur le fond de papier jaune éclatant des murs, ce qui répond si bien à la nécessité de cette grande pièce alors qu'il ne devait s'agir à l'origine que d'un papier de fond mais qui a subsisté depuis trente ans sans être revêtu par un autre.

C'est la salle des gros meubles venus de Hasselt. L'admirable « cabinet d'ébène » à tiroirs et à sculptures est surmonté de la tête d'un grand-père savant, entourée d'une auréole d'inscriptions latines. Le haut meuble de la sacristie qui éclate de têtes d'anges parmi des coquilles luisantes. Et ce gros presse-nappes dans lequel les visiteurs peu expérimentés croient voir une presse d'imprimerie. Mais encore cette haute vitrine liégeoise peu profonde sur le dessus de l'armoire (mais n'est-ce pas une « dresse » qu'il faudrait l'appeler ?) qui contient beaucoup d'objets cassés dont les brisures et les fentes disparaissent dans le contre-jour. Quelques beaux flacons dépareillés, quelques Delft ébréchés, quelques tasses de porcelaine légère et fragile, mais aussi ces ridicules et touchants cabarets à liqueurs, tout à fait intacts, qui portent encore les marques du grand-père du Vorarlberg. Enfin la grande vitrine lourde à trois portes, faites de morceaux de lambris ou de confessionnaux chargés de lourdes sculptures flamandes, qui est garnie des plus grands plats d'étain que je connaisse et aussi de quelques légères corbeilles de Luxembourg si fragiles sur leur plat plus léger encore que je n'ose plus y toucher.

Le plus beau tableau de la salle à manger est celui de l'abbé de Villers, François de Bavay, qui fut d'abord prieur d'Orval et qui, à l'instar de son oncle l'abbé de Beaupré en Lorraine fut, semble-t-il, plutôt un fonctionnaire du régime austro-lorrain qu'un mystique ou un saint. C'est lui dont on voit les armes au Musée Ancien sur une sculpture de Delvaux, qui est peut-être d'ailleurs son image. Il régna sur Villers dans un trouble moment et il y fit régner l'ordre établi. Il respire la paix de la conscience officielle et un peu laïque, et la joie sereine d'un corps bien nourri parmi les fauteuils et les tentures, avec une bible aussi commode que possible. Qu'il me pardonne si je le méconnais, je le juge d'après son histoire et son image, je n'ai pas connu son cœur.

Il y a dans cette pièce deux petits tableaux énigmatiques. L'un qui représente une vieille dame coiffée d'un bonnet à rubans sous lequel dépassent des anglaises, ressemble tellement à ma fille Jacqueline que l'on jurerait que c'est une grand-mère, mais c'est une cousine lointaine qui n'a donné à mes enfants aucune goutte de son sang et qui n'aurait même avec eux que des liens d'alliance. Il n'empêche que j'entretiens la légende de cette ressemblance ancestrale et surnaturelle. De l'autre côté, il y a un petit tableau devant lequel je tremble un peu. Il représente une petite fille qui tient sur sa robe, à la place exacte où elle ne le devrait pas pour la décence, une grappe triangulaire de raisins noirs. Le peintre l'a-t-il fait exprès ? Je sais que cette enfant s'appelle Amanda. Ce tableau originairement n'était pas à moi, pas plus qu'une glace à la tête de loup qui se trouve dans la pièce dénommée stuff. Comment s'était-elle égarée, lors d'un partage, du camion de George Moreau dans le mien ?

George Moreau avait ruiné, par ses manœuvres malhonnêtes et intéressées, mes enfants du premier lit, et quand il osa me redemander ce tableau et cette glace, je lui répondis qu'il était bien audacieux de me réclamer quelque chose. C'est ce George Moreau que j'ai vu apparaître une nuit dans mon rêve, revêtu de sa pelisse d'homme riche et ruiné et que, à travers une glace, je vis demander au domestique qui lui avait ouvert la porte si je voulais le recevoir. Je fis répondre deux fois que je ne voulais pas. Il renvoya le domestique une troisième fois en me regardant fixement à travers la vitre avec des yeux humiliés et suppliants, éperdus. Plein de pitié, je dis alors « Faites-le entrer » et il disparut. Je racontai le matin ce rêve étrange à mes enfants réunis autour de cette table et nous apprîmes le lendemain en ouvrant le Figaro que George Moreau était mort la veille, au moment même de mon rêve dans le château. Il était venu, converti sans doute, me demander le pardon qui lui permettrait d'entrer dans la paix de Dieu. J'ai fait allusion à cet épisode dans « Surlimbes ».

Tout le charme de cette chambre, qui ne vient pas d'un lustre de cuivre abîmé que je n'ai jamais eu le courage de remplacer ou d'améliorer en souvenir de ma jolie bibliothèque de la rue Bosquet, est lié aux assiettes dont le mur est orné comme ceux de la salle à manger de Bruxelles. Inutile vraiment de les décrire. Il sera, je pense, difficile de les partager car leurs origines sont fort diverses, et je ne crois pas qu'il y ait beaucoup d'étiquettes sur le fond. J'aime surtout au-dessus de l'armoire aux anges les deux plats chinois sur lesquels galopent des biches, dont le dessin a été envoyé d'ici à la Compagnie des Indes et rapporté de Chine par Guillaume de Brouwer.

Arrêtons-nous pour finir devant la cheminée un peu rustique dans ses sculptures de bois noir, et que tout le monde trouve si belle, avec des chevaliers très coco, style romantique de 1820, mais qui datent parait-il du temps de la Marquise. Fleurs, guirlandes, oiseaux, falbalas de toute sorte, bois encore passé au vernis noir et au noir de feu. Chacun l'admire avec, au fond, la grande taque deux fois traversée d'une croix de Saint André, de Philippe de Nothomb et d'Anne-Marie de Jacquesse, fondue à Montauban. C'est l'original. J'en ai fait faire une copie pour Merlemont. C'est une des plus belles des collections de notre Luxembourg : un ange chevelu et joufflu tient le croisement de la croix. Anne-Marie de Jacquessse était la cousine de la fameuse Marquise. Fuyons à la réflexion cette cheminée car elle est surmontée d'une glace qui, il y a trente ans, quand nous sommes arrivés ici, a été mal fixée. J'ai pensé un jour que jamais les gens ne prendraient leur repas aux places d'honneur de ma table sans être menacés de mort. Mais je n'ai jamais assuré la solidité des attaches de la glace.

Le corridor et la Stuff

La maison s'ouvre quand on vient du dehors, sur ce corridor avec à gauche, dans la perspective des trois salons de droite, un portrait présumé ou inventé de la Marquise du Pont d'Oye dont je n'avouerai jamais que je l'ai acheté un jour pendant la dernière guerre chez un antiquaire bruxellois. Ses belles épaules, son sein découvert, son costume de Diane chasseresse, son arc et ses flèches me font pardonner son visage qui est ingrat, et explique ma supercherie. Je l'ai dépendu du salon du Premier à Bruxelles pour l'y remplacer par un portrait de Wiertz. Il est ici beaucoup mieux à sa place.

À droite de l'entrée, sur un socle de pierre jaune ma seconde statue de Saint Donat, polychromé, casqué, les deux mains fermées gardant vide la place de l'épée dans l'une et dans l'autre celle de la palme du martyre. Le socle a son histoire. On démolissait la vieille église Saint Martin à Arlon et je demandai au bourgmestre Reuter de m'en donner quelques pierres tombées. Elles sont poreuses, lui disais-je, ces pierres du pays et j'ai l'impression qu'elles ont été pénétrées peu à peu, à travers les siècles, de toutes les prières de mes aïeux. Quelques jours plus tard, il m'envoya un beau lot de pierres, parmi lesquelles celle-ci, dans un camion de fer qui faisait un bruit terrible. J'en retirai cette console et trouvai collé sur elle le billet suivant : « Mon cher Sénateur, je vous envoie cette pierre de Saint Martin choisie parmi d'autres. Je l'ai prise à côté du confessionnal, elle est pétrie de tous les péchés de vos ancêtres. » J'ai tellement raconté cette histoire que je ne suis plus sûr de l'avoir inventée.

Je ne sais pas non plus très bien de qui viennent les massacres de cerfs et même d'un orignal qui dominent mes portes. Se trouvaient-ils là avant moi ? Par contre, mon trophée familial incontestable, c'est le petit sanglier dénommé Anatole qui est embusqué au bout de ce couloir en face de la naissance de l'escalier. Anatole se trouvait dans une vitrine à Loenhout parmi les porcelaines et les bibelots moins sauvages de la famille Montens. Je le réclamais lors du partage des meubles, en disant qu'il nous revenait. On ne pouvait le garder exilé dans une Campine où les plus grands animaux féroces devaient être des lièvres. On me le disputa jusqu'au moment où j'invoquai le droit du sang.

Ce sanglier, disais-je, devait être mon parent. Et j'invoquais souverainement mes armes qui portent un gland. Quelques jours plus tard, Anatole débarqua inopinément devant ma porte d'une voiture de déménagement et je reçus précieusement dans mes bras cette bête empaillée qu'on y avait généreusement installée au dernier moment. Le levant d'un grand geste, je regardai l'étiquette inattendue et découvris sous la planche l'inscription suivante : « Tué en décembre 1852 à Suxy dans la chasse de M. Nothomb ». Je ne m'étais donc pas trompé. Le grand-père Montens et son beau-frère Wavrin faisaient partie de la chasse de Suxy, partagée entre Pierre Bonaparte et son ami Alphonse Nothomb, alors procureur du Roi à Neufchâteau avant de devenir ministre de la Justice.

C'est à cause de cette amitié et sous les auspices de quelque sanglier du même genre qu'Anatole, que plus tard, bien qu'habitant Pétange, en dehors même du territoire du royaume, Alphonse Nothomb devint, à l'appel de ses amis Montens, député de Turnhout pendant trente ans jusqu'au jour où, ayant réclamé le Suffrage universel et le Service militaire personnel, il fut renversé par le jeune Charles de Broqueville... qui devait trente ans plus tard, donner à la Belgique ce même Suffrage universel et Service personnel ! Mais tout cela est une autre histoire. Adieu, Anatole.

J'aurais dû m'arrêter un instant près de lui devant le coffre à bois qui recèle les papiers du feu. Au-dessus, parmi quelques cartes de géographie dont la série naguère longeait toute la cimaise, j'ai installé un magnifique baromètre ancien dont je confiai le transport au lendemain de la guerre au nommé Van Santvliet, mon voisin de Habay, automobiliste astucieux et alors privilégié. Il le cassa bien entendu et le baromètre qui avait été savamment réadapté à sa fonction par mon ami Vleminckx, l'opticien de la rue de la Régence, ne joue jamais dans mon corridor qu'un rôle honorifique. Comme la lanterne qui pend à son côté, à l'angle du vestiaire et au-dessus de la tête d'Anatole et où ne brûle plus depuis longtemps aucune chandelle.

J'aime ces vieilles chaises de bois dont les plus anciennes viennent du grand salon de Hasselt, dont les plus émouvantes, le dossier comportant une lyre, ont été achetées par moi à Marche chez la gentille Mademoiselle Dupierreux-Attout. C'était l'époque où j'y faisais l'emplette de vieilles statues et où Émile Descamps, venant de Rochefort pour m'imiter dans ces achats, disait à cette jeune fille éberluée et sans penser à mal : « Mademoiselle, Monsieur Nothomb m'a assuré que vous aviez des saints en bois. » « Mais Monsieur… »

J'aime mieux encore que ces chaises, les bancs de Vance, surplus de la grande salle, qui complètent l'alignement de mes murs percés d'un côté de fenêtres où je vois déposées les couronnes dorées de « mon elfe et mon roi » et ornés sur l'autre côté sous un sanglier plus féroce que le petit Anatole et qui semble pousser sa tête à travers la paroi, les cartes anciennes où je m'amusai depuis mon enfance à voir la Découverte de l'Amérique et les « États généraux » du Roi Powhatan dont les grands dignitaires siègent tout nus au-dessus d'un feu redoutable tandis qu'ornés de plumes, leur Roi reçoit le Capitaine Smith.

Il n'y a pas loin de ces reproductions naïves à la grande page de Maringer au-dessus de la porte du vestiaire complémentaire surnommé Vestris, qui représente une Kermesse luxembourgeoise. Maringer est le poinçonneur de billets de la gare de Libramont. Il s'est vite mis à faire de la peinture naïve tout naturellement et a fort bien réussi. Quand il a voulu faire de la grande peinture, il a tout raté. Ces chevaux de bois tournant au centre de son image violemment coloriée font un peu rêver les fières têtes de chevaux de Danchin, si racées, apportées d'Anvers par Ghislaine, et qui se trouvent à côté. Je ne décris pas le vestiaire proprement dit où sont accrochés nos manteaux si ce n'est pour dire que j'aime, au centre, ce grand massacre de cerfs auquel je me garderais, pour ne pas les percer, d'accrocher mes chapeaux si j'en avais.

La Stuff dont la porte s'ouvre au bout du corridor est cette pièce plus luxembourgeoise encore de nom et d'aspect, voûtée comme il se devait à l'époque de la guerre de Trente Ans, où on allumait le feu qui devait réchauffer toute la maison, ou tout au moins ses corridors et escaliers tandis que le feu de bois du fumoir, placé ici derrière, doit faire passer, à travers la taque de fonte, un peu de tiédeur aussi. Pour faire sortir de cette étuve toute cette chaleur, on a percé au-dessus des portes, enfilés l'un en face de l'autre, et plus loin encore dans le deuxième escalier, des œils-de-bœuf. Amélie de Pitteurs raconte dans ses plaisants souvenirs que son père, le jour de l'invasion allemande en 1914 avait cru pouvoir cacher efficacement dans cette Stuff le taureau primé qui était sa gloire, de peur que les Allemands ne le lui volent. Mais voici qu'arrive un général qui demande de loger au château. On le fait poliment monter l'escalier et sur le palier il reçoit une bouffée de chaleur au visage. Il regarde et quand il redescend, il dit au vieux Pitteurs : « Pourquoi, Monsieur, avez-vous caché votre taureau dans ce salon ? » L'autre balbutie une explication confuse. Alors, bon enfant, le général lui tapant sur l'épaule lui dit : « Gardez votre taureau, Monsieur le *Paron*, vous avez seulement oublié en cachant ce *daureau* que vous aviez des œils-de-Pœuf ! »

Il n'y a rien aujourd'hui dans cette Stuff que le feu qui brûle en ce moment depuis le jour de la Bénédiction de la Forêt ; que cette glace à tête de loup dont j'ai parlé en traversant la salle à manger, aussi une aquarelle du Pont d'Oye peinte un jour au bord de l'étang par le charmant Van Gastel, mon collègue du Conseil d'Administration de la Compagnie Luxembourgeoise d'Électricité. Mais encore une carte en quatre parties des Trois Luxembourgs, « allemand, français et autrichien », une image naïve de la prestation de serment du Roi Léopold Ier entre les mains de Nothomb sur les marches de Saint Jacques. Et puis aussi un tableau assez beau de mon beau-père qui représente une vague de la mer, une petite image de l'Arendschof peinte il y a peu d'années par la bonne et sainte Élisabeth de Besterfeld, nièce de mon oncle Eugène, dernier propriétaire de cette demeure que j'ai dénommée Fauquebois.

Restent deux autres images qui ont leur histoire. L'une est une gravure venant de Loenhout qui représente un pauvre soldat sur le champ de bataille, soigné par une sœur de charité d'avant la Croix-Rouge. Cette image était dans la cuisine avec une autre du même genre lorsqu'une cuisinière imbécile trouva déshonorante parce qu'elle exaltait la misère et le malheur et la creva méchamment pour s'en débarrasser, sans s'être doutée de la valeur de cette planche. J'en suis presque aussi fâché que le jour où la même main enleva de ma chambre un léger trophée de roseau que je récupérai avec émotion et colère.

Et pour finir, la petite image, misérable aussi, misérabiliste même, d'une pauvre enfant polonaise peinte par un nommé Parasewski que j'admirais publiquement un jour de 1919 dans une exposition à Bruxelles. Mon ami Schaepkens de Riempt, échevin de Maestricht et président de la Chambre de Commerce de cette ville, qui joua dans l'affaire de la réunion du Limbourg à la Belgique un rôle si actif et si prudemment caché dans sa hardiesse, m'apporta cette image achetée pour moi, avec, collée à l'arrière une inscription que je lis aujourd'hui à peine : « Cette Fille qui pleure, c'est Maestricht, et personne ne la voit pleurer, et Pierre ne l'a pas délivrée encore. » Ce Schaepkens est celui qui voulut un jour, pour achever son amour de la Belgique, épouser Gaby de Brabandère qu'il avait rencontrée je ne sais où, chez moi je pense, et qui eut peur à la dernière seconde de sa calvitie et de sa vieillesse. Mais c'était un brave homme que j'ai beaucoup regretté.

Je ne possède de lui en dehors de cette Fille qui Pleure, qu'un livre qu'il osa, en pleine crise hollandaise belge, publier en flamand à Maestricht pour raconter, sous une forme romanesque, l'histoire de cette ville et les persécutions dont les catholiques furent les victimes. Cette manifestation littéraire fut au surplus tempérée par un pseudonyme. Je vous fais grâce enfin du personnage qui nous regarde sur la cheminée, c'est mon buste par André Fontaine. Il en était très fier, moi aussi, mais je ne suis pas sûr qu'il soit bon.

La Stuff se prolonge par le Corridor de Chasse où, sur de grands râteliers étaient rangés avant la guerre, les épées, les sabres, les cannes de jonc à pommeau d'or et d'argent, souvenirs de mon père et de mes grands-pères, avec des fusils de chasse anciens et nouveaux. Tout cela enlevé, disparu, les râteliers sont restés vides. Ma seule consolation fut d'utiliser l'immense panneau vide et aveugle pour y coller la carte d'état-major au dix millième et pour y tracer les limites de mon domaine primitif. Hélas, il s'est rétréci peu à peu et le rêve est fini, que je faisais naguère de faire de ces limites naïvement orgueilleuses l'expérience d'un périple pédestre autour de ces bois et ces étangs pour constater, comme je l'espérais, que le Pont d'Oye avait le contour d'une journée de marche. Ce corridor de chasse n'était percé avant moi d'aucune ouverture sur le bois. Quand j'eus fait abattre les arbres trop hauts qui, sur la pente derrière la maison, obscurcissaient nos chambres du sud-ouest, j'aménageai à mi-côte, sur une toute proche « aire de faulte », la place où j'écrirais mes poèmes des arbres, des pics, de mes espoirs, de mes bonheurs – finis ? – d'un autre été. Et pour gagner mieux ce lieu de mes plus hauts rêves, je perçai cette porte qui me permettait d'y aller sans être vu. Je ne suis pas remonté une seule fois cette année. Y remonterai-je jamais ?

Le fumoir

Il y a peu de meubles dans ce fumoir en dehors d'un lourd coffre à bois et d'une cathèdre où je m'assois parfois dans les moments solennels. Je n'y vois que quelques fauteuils disparates dont l'un a été surnommé par les enfants le « serre-pette » parce que l'on y est merveilleusement installé malgré le peu d'ampleur des accoudoirs. J'hésite devant un meuble daté de 1607 qui semble un meuble de sacristie, et où l'on pend les clés du colombier et d'autres mais on m'assure que c'est un meuble artificiel et composite. Il comporte, outre un tiroir secret, des tiroirs visibles dont l'un a séjourné longtemps parmi les feuilles du bois où on l'a retrouvé plusieurs années après l'occupation des Allemands.

J'aime beaucoup la vieille table basse où sont posés nos anciens livres : le livre des signatures et le gros registre *intitulé Le Pont aux Oies*, qui est destiné à recevoir les textes, les poèmes et les pièces composées ici par les enfants ou les parents, mais il est bien mal tenu à jour. Le petit meuble médaillier à multiples tiroirs a une enfantine histoire.

Il était autrefois rue de Naples, tout couvert d'une peinture noire et sale, dans un grenier chez mon père qui en fit cadeau à mon frère aîné infirme et rageur. J'eus l'astuce assez méchante de dénigrer ce petit meuble et de persuader Jean de me le vendre pour cinq francs. Nous étions dans les années 1900. Il me le vendit et je marquai une telle joie de l'avoir qu'il eut la révélation de ma manœuvre et que cela suscita une grande colère et une terrible bataille sur un palier.

De ce fumoir, je vois d'abord la cheminée mais je n'en parlerai pas car c'est un immeuble. Je veux seulement dire combien m'a toujours ému la jolie couleur bleue, rose et verte de ses guirlandes et de ses fruits, combien j'ai souvent été tenté de refaire un visage au personnage mutilé de l'un des supports, et combien j'ai pardonné à la teinte rouge vif de certaines lignes parce que j'ai su que ce rouge était éternel et qu'il éclate dans la pierre depuis trois cents ans. C'est moi qui ai fait inscrire ma devise du foyer ouvert, le *Fovendo Lucet,* dont je suis très fier.

C'est moi qui ai ordonné qu'on ne touche jamais au monceau de cendres. C'est moi qui ai exigé qu'on arrache à la niche du chien qui y trouvait sa pâture, le lourd mortier de pierre où l'on entasse aujourd'hui les bûches et les pommes de pin. J'explique mal la présence de la taque Gallo-Salamanca : sans doute a-t-elle été fondue au Pont d'Oye comme la magnifique taque des Raggi *Vivat De Raggi* que j'ai conquise au presbytère de Vance où elle faisait le fond d'une armoire aux souliers et que j'ai donnée malheureusement à l'hôtel du Pont d'Oye pour sa cheminée.

J'aime les deux glaces dont l'une est encadrée d'un bois vieux et fleuri et dont l'autre, au cadre d'écaille, est surmontée d'une chasse que je voudrais être une chasse du Pont d'Oye à la grande époque : malheureusement, cette chevauchée vient d'ailleurs. Que Dieu me garde encore, avant la dispersion, la table ronde d'acajou et de marbre et le petit guéridon ovale. Je vois tant de meubles partir que je me mets plus vivement à tenir à ceux-ci.

FOVENDO LUCET

Mais c'est l'histoire du vieux drapeau que je veux rapidement raconter parce que celui-ci est si fragile, si détruit, si déchiré, si consommé, bien qu'on ait cousu ou collé les lambeaux sur une étamine, qu'il va s'anéantir un jour, ne garder que sa hampe, son fer, sa boule de cuivre formant contrepoids. Chacun me demande ce que signifie ce drapeau d'une vieille confrérie chevaleresque que j'ai trouvé à Hasselt dans le bureau de mon beau-père parmi un entassement de richesses. On y voit un affreux Saint Georges sur un affreux cheval tuant un affreux dragon qui veut dévorer une pucelle affreuse. Cela me vaut le succès de plaisanteries faciles quand les visiteurs me demandent de quelle époque date cette bannière. Je leur réponds que je ne peux préciser la date exacte mais qu'elle était certainement celle d'une période de famine car sinon comment ce dragon aurait-il eu le moindre appétit pour dévorer une femme aussi affreuse ?

Et quand on me demande pourquoi le cavalier est devenu saint, je rétorque qu'il fallait l'être rudement pour risquer sa peau pour une aussi horrible créature… Mais ceci me fait oublier tout l'attirail de filature d'autrefois qui se trouve abrité sous les plis de ce drapeau, le dévidoir en éventail de ma grand-mère de Pétange et un autre dévidoir à bobines. Celui-ci a aussi son histoire qui renvoie au portrait d'Alphonse Nothomb aux premières pages dans le livre sur les Nothomb de 1830. Les deux fils de ma bisaïeule étaient Gardes d'Honneur, forcés, de l'Empereur et en 1814 fuyaient à cheval devant un parti de cosaques, dans un détour qu'ils faisaient pour embrasser leur mère au passage. Hélène Schouweiler était assise dans le grand hall de Pétange sur un long coffre en bois fait d'un ancien pétrin et elle dévidait la laine. Elle coucha ses fils à peine arrivés dans le pétrin et, pour les préserver, s'assit dessus en continuant son ouvrage de l'après-midi tandis qu'entrèrent les sauvages réclamant de l'alcool et leurs prisonniers. Elle fit semblant de ne pas les voir car ils étaient impolis et ne s'étaient pas fait présenter. Pour attirer l'attention de la belle dame indifférente, un des cosaques leva son sabre et fendit la coupe au sommet du dévidoir où se trouvait la boule de laine.

C'est l'explication de la fente de ce dévidoir recollé. Je la donne pour ce qu'elle vaut, elle m'a été contée par le dernier possesseur avant moi de cet objet vénérable, le bourgmestre d'Arlon Paul Reuter qui l'avait hérité de la grand-mère de sa femme, l'épouse de Constant Tesch. Mes enfants connaissent la suite de cette petite aventure : quand elle eut daigné s'apercevoir de la présence des soldats russes, la grand-mère de mon père leur fit servir beaucoup d'eau-de-vie de mirabelle et ils furent tellement ivres morts qu'ils se couchèrent sur le pétrin et qu'elle put facilement, en levant le couvercle de celui-ci les faire tomber par terre tandis que ses fils en sortaient, couraient à leurs chevaux sur la pelouse et rejoignaient leur escadron fuyard.

Il serait trop long de faire un commentaire de chacun des petits cadres posés sur le lambris mais certains le méritent. D'abord la jolie Alexandrine de Bleschamps, princesse de Canino, femme de Lucien Bonaparte qui avait des liens de famille longtemps désavoués (par nous) avec la famille de ma grand-mère paternelle. La charmante reproduction du tableau de Merlemont qui représente Nicole-Hélène Nothomb femme de Pierre Joseph Boch, sous son fin bonnet ; les oncles colonels des Dragons de Latour ; les silhouettes noires parmi les fleurs roses et bleues et les cactus en pots, du grand-père Grofrey dans son jardin de Wolferdange ; une sainte de soie formant elle aussi le médaillon d'un drapeau déchiré : il en reste au moins cette image.

Je poursuis l'inventaire avec les aquarelles légères de mon bisaïeul Antoine de le Court qui dans ses voyages à travers l'Europe, et surtout à travers les Pays-Bas pendant le régime hollandais, dessinait ces paysages comme on achète aujourd'hui des cartes postales ; la silhouette de Jean Antoine Nothomb, le colonel autrichien qui aima sa nièce, lui fit un enfant quand elle avait quinze ans, l'épousa après une épreuve ; la reproduction du portrait d'Étienne Constantin de Gerlache dont personne ne se souvient qu'il était l'oncle de Jean-Baptiste Nothomb ; et encore ces reproductions côte à côte, du portrait du Marquis de Raggi du Pont d'Oye et de son parent éloigné Philippe de Nothomb de Montauban, dans la même armure avec la même perruque, les mêmes plumes et mêmes gestes. Ils ont été visiblement peints avec les mêmes accessoires vestimentaires par le même peintre local qui s'en servait pendant un siècle comme l'actuel photographe de foire qui met la tête du client dans le trou d'un tableau tout fait.

Comment n'aimerai-je pas la belle photographie dédicacée du Cardinal Mercier ? Quel beau bronze, me disait le fameux Charles Humbert, directeur du Journal quand je lui donnai ce portrait à reproduire avec mon grand article sur le Cardinal Mercier, à mon retour de Rome en 1919. Nous retrouverons un peu partout dans la maison, de l'écriture rapide du grand prélat, d'autres lignes de bénédiction. Et surtout, j'apprécie cette petite jeune fille dessinée au crayon noir par son père ou son frère et qui vient de Hasselt, mais je ne sais pas de qui il s'agit, bien qu'elle ait quelque ressemblance avec Colette de Schrynmakers, dans son modeste décolleté orné d'un double rang de fines perles. Elle me regarde avec un nez frémissant et des yeux dont je n'ai pas pu comprendre encore le message.

Avant de sortir de cette chambre, je m'arrête encore pour regarder le beau petit crucifix d'argent daté du 22.3.1874, jour de la première communion de Paul Bamps dont je lis les initiales. Je ne m'attendrirai pas sur le souvenir de ce vieil homme que je n'aimais pas beaucoup à cause de sa faiblesse devant la tyrannie de sa femme, mais cette croix est bien jolie. Du haut de la cheminée, au moment où je sors, le plus beau Saint Donat de la maison me regarde et me reproche noblement de l'oublier. Il a perdu ses bras, il écrase sa poutre de chêne sur son piédestal. Beau Saint Donat sans couleur mais longuement chevelu, pareil à Louis XIV jeune. Mais où sont ses bras ? J'aime qu'il me domine entre les bassinoires de cuivre qui marquent la naissance de la voûte de cette chambre, véritable centre vital de la maison.

Le grand salon bleu

Le grand salon bleu a toute une histoire : c'est ici que se tenaient les cours d'amour de la Marquise ; c'est ici qu'elle mourut dans un lit contre le mur à gauche de la cheminée quand on regarde celle-ci, et non pas dans l'étable comme le peuple le raconte et comme nous le racontons tous. Il n'y avait plus beaucoup de bois à brûler dans les poêles et je crois qu'il est exact qu'on y jetait des pieds de tables et de chaises, et même des morceaux de lambris, mais la misère, qui était assez grande pour que les fournisseurs du village refusent aux filles, malheureusement assez légères, de mon héroïne, le crédit nécessaire pour leurs robes de deuil, ne l'était pas assez pour que la marquise au sein dévoré par un cancer ne fût pas entourée de quelque reste de sa clientèle, et notamment d'un confesseur que je n'ai pu identifier et qui était peut-être l'abbé Pagès, son ancien aumônier et comptable revenu de Beloeil entre la composition d'un cantique à la Vierge et celle d'une chanson grivoise. Je les évoque dans mes « curieux Personnages ».

C'est dans cette salle aussi qu'en 1852 M. Constant d'Hoffschmidt offrit un grand repas au roi Léopold qui était venu voir la papeterie érigée à l'emplacement des forges et rendre visite aussi à son ministre des affaires étrangères. Les ouvriers costumés en laquais avec des livrées de théâtre, dit-on, avaient bu tellement de péket, que, écroulés sur le seuil, il fallut que le roi Léopold, en sortant mît son pied au derrière de plusieurs de ces victimes pour se frayer un passage. Il était accompagné de ses trois enfants, comme dans la pièce que nous avons jouée sur la terrasse.

Il y avait jusqu'à l'an dernier, dans ce salon tapissé de bleu et triplé par trois grands miroirs gris et dorés, un admirable mobilier hollandais de l'époque de la Queen Anne. Dans un moment de difficultés, je faillis le vendre il y a trente ans, et c'est ainsi que j'en ai connu la valeur. Il orne aujourd'hui la salle à manger de Marie-Claire à Corroy, mais elle m'a laissé le joli canapé à trois places qui m'en évoque le souvenir. Ce mobilier garnissait aussi le salon de Hasselt, de même que ces belles chaises en chêne à coquilles, ce léger fauteuil de paille à accoudoirs qui me valut presque une brouille avec Jules de Vinck. Dans les premiers temps de notre séjour au Pont d'Oye, il s'y lançait avec tant de joie que plusieurs fois à ma grande colère ce meuble délicat craqua.

Sur la commode deux vases de vieux Bruxelles font ma gloire et ma crainte. J'en ai vus chez Patrick d'aussi beaux qui viennent aussi de moi. Et au-dessus, de chaque côté du miroir, des appliques de Delft, fort rares mais bien abîmées, auxquelles non plus je n'ose toucher. En face, entre les deux fenêtres, un vieux bureau ravissant avec ses grands et petits tiroirs, ses chandeliers de cuivre et ces vieux livres de Keepsake de 1839. Et la « cave de Paille » comme nous appelons ce petit meuble où sont rangés les bouteilles et les verres de l'apéritif. Mais aussi le petit meuble sans nom, triangulaire, à tiroir unique qui supporte dans le coin de la porte les chandeliers d'argent à éteignoirs avec au-dessus la belle pendule de Boulle qui faisait avant la dernière guerre l'honneur de ce salon, sur une console de cuivre.

J'ai aussi retrouvé cette pendule, vidée, privée de ses accessoires et de ses organes, de son balancier et de son intérieur, et aussi des fleurs de cuivres qui le couronnaient, dans les buissons de la forêt, après la guerre. En mémoire et pitié de sa splendeur passée, je lui ai cherché un coin d'ombre où on ne voit pas sa misère. Je n'en dis pas autant des autres appliques de cuivre qui supportent des bougies jaunes et qu'on n'allume presque jamais : elles sont en pleine lumière.

Je m'arrête à la vitrine, au petit médailler et au lustre. Le médailler est charmant, mais est-ce un médailler ? C'est plutôt le meuble des travaux d'ouvrage d'une vieille dame au début du règne de Louis Philippe. J'y ai mis les quelques médailles qui me restent, les Allemands en ayant emporté des douzaines. La vitrine est pleine de charmants objets et de charmants débris.

Je la regardais l'autre jour avec Christiane d'Ansembourg et nous étions émerveillés de ses fragments parfois indéfinissables : carreaux de Delft rougeâtres tombés, aux jours de trop grand feu, de la cheminée en face ; rose tablier de franc-maçon de quelque dignitaire élégant du temps de l'Empire ; ombrelle d'ivoire et de soie pour une tête empanachée ; éventails déchirés ; cinq ou six bourses de fils ou de perles d'argent ; épaulettes de vieux uniformes, aigles d'Empire ; petite théière cassée et, dans ses reflets d'or, plaques d'argent des gardes de la forêt d'Oignies et des Cinq Cents Bonniers ; verre à boire de mon grand-père von Kriss, presque intact, légèrement ébréché au sommet, avec d'un côté ses initiales gravées et de l'autre côté ses armes à deux croissants et dans les deux autres médaillons une fleur de myosotis incrustée sous le verre et une colombe portant en plein vol dans son bec une inscription « À l'amitié » ; petites babouches, pistolets, hochets, poignards, fine tête de statue perdue, pommeaux de canne usés sous la paume, tasses de porcelaine et soucoupes assorties, presque entières, dont certaines portent des paysages, d'autres des roses naïves ; elles faisaient partie d'une série de tasses illustrées glorifiant les meilleures vertus : seule a survécu notre modération bien connue.

Cachets, embouchures, décors de chasse, daguerréotypes de cousins inconnus, petit service de Tournai tout à fait intact avec ses tasses sans anses, et, si belle, cette soupière de Luxembourg sans couleur, que chacun admire et dont je ne connais pas de pareille dans les collections de Septfontaines mais si je la retournais, on verrait que du côté qui fait face à la muraille, elle porte un grand trou béant.

Le lustre vient de Loenhout, il est touchant et ridicule. Il pèse un poids affreux, j'en sais quelque chose depuis le jour où au lendemain de la guerre j'allai le chercher à Emptinne chez Louise de Rosée, qui en avait assumé la charge pendant les heures troubles où aucune voiture assez lourde ne circulait. Encore un objet sous lequel il est peut-être dangereux de s'asseoir, ce lustre chinois de cuivre mat, si bien lesté, avec ses panneaux concaves de laque, et constitué, au-dessus de la grande vasque par quatre sages chinois qui tiennent chacun entre leurs mains un candélabre en bouquet. Je savais que ces personnages pouvaient, quand il y avait quelque tremblement ou qu'on les excitait du bout d'une canne, balancer la tête, mais jamais je ne l'avais vue d'aussi plaisante façon que le jour où Dominique, la jeune femme de

Simon-Pierre, toujours suivie d'oiseaux comme la Marquise – perroquets, perruches, canaris qui volent près d'elle dans les chambres – lâcha dans ce salon son plus beau canari qui alla se poser sur la tête d'un Chinois, et, effrayé de sentir la tête balancer sous lui, s'accrocha à la calvitie de ce mandarin, continuant toute la soirée ce mouvement perpétuel et éperdu qui nous révèle la vie secrète de nos hôtes exotiques.

J'en viens à présent aux tableaux, le double portrait d'un grand-père et d'une grand mère de mes enfants : c'est Paul-Ignace de Bavay et sa femme. Elle est belle et fort digne avec son éventail entre les doigts tandis que lui a des mains de bois et pince les lèvres d'une façon peut-être dédaigneuse et peut-être ridicule. Il se voudrait dur et il ne l'est pas.

Une ravissante peinture d'une jeune femme ahurie me regarde au milieu de l'autre panneau. Et ce cheval de Tschaggeny, et cette petite Italienne de Bossuet, peintres célèbres de la jeunesse de ma mère, et le portrait romantique d'un cavalier à cravate qui ressemble à un personnage de Balzac, ne valent pas deux trésors auxquels je tiens le plus dans cette chambre : la jeune femme assise derrière un meuble couvert d'un cachemire et qui apprend à lire à sa petite fille. Celle-ci tourne les pages d'un livre illustré, et un beau perroquet la regarde faire. C'est la petite Pauline de Bavay, grand-mère de ma première femme, peinte par La Tour (ce n'est pas Quentin ni Georges) qui vers 1840 apprenait à peindre aux jeunes filles des nobles faubourgs. C'était un exilé français, m'a-t-on raconté, plein de grâce.

L'autre petit tableau auquel je tiens comme à ma vie, c'est le portrait bleu, bien verni et nettoyé par Marie-Claire, de la petite Ernestine von Kriss, mère de ma mère, morte très jeune et qui ici, à l'âge de sept ou huit ans, montre ses cheveux bien rangés, sa tresse bien tirée, sa robe enfantine froncée, sur un fond bleu lui aussi et miroitant. La petite Dame bleue, c'est ainsi que l'appellent mes enfants. C'est un de ces portraits dont on ne sait à première vue s'ils représentent une adolescente ou une toute petite fille. Lucie Anne l'ambitionne mais je ne veux laisser de portraits qu'aux garçons.

Le centre de la cheminée, à côté du bureau où écrit Ghislaine devant les petites peintures sur émail du salon de ma mère, où l'on voit galoper des chevaliers du Tasse ou de l'Arioste, est orné de deux grands vases de Chine qui encadrent un animal fantastique. Ces vases sont les plus beaux de ceux que possédait mon premier beau-père. Les autres, ceux de Bruxelles, ont plus d'allure mais, me dit-on, moins de valeurs. Je n'y connais rien, il me suffit qu'ils soient beaux.

J'aurais fini si je ne voulais regarder encore ces deux dessins de Navez datant de 1823 et qui doivent être des Greindl, comme ceux du tableau de Bruxelles et qui viennent d'Aline Donckier de Donceel occupée en ce moment à mourir longuement dans sa maison rustique pleine de merveilles poussiéreuses. Et comment ne m'attarderai-je pas aussi devant cette jeune femme bleue qui me regarde dans un cadre ancien et dont le nom était marqué derrière mais a été effacé par le temps. Je ne saurai jamais qui fut cette jeune lectrice de Lamartine, pas plus que cette dame au voile peinte par Georges de Bavay, le plus jeune, le futur ministre, vers 1820. Sa grâce est parfaite et son nom oublié.

Il faudrait que je fasse un jour l'inventaire complet de tous les dessins familiaux de cette époque, tant ici qu'à Bruxelles.

Les longs loisirs de l'été et de l'hiver donnaient aux parents l'occasion de faire apprendre le dessin à leurs enfants. Les plus jolies peintures de cette maison sont des portraits de jeunes filles, de jeunes femmes et de vieux hommes de 1840 par eux-mêmes. Cette maison est vraiment devenue une maison du temps de Léopold Ier.

Mon Cabinet de travail

Je suis toujours un peu gêné en entrant dans mon cabinet de travail avec des étrangers car ils s'imaginent aussitôt que les bibliothèques qui le garnissent de part et d'autre sont de mon invention ou de mon architecture. Peintes en rouge avec des filets dorés et des arabesques, elles sont d'actualité en ce sens qu'elles évoquent l'Algérie. Mais c'est Constant d'Hoffschmidt qui les installa au lendemain de la défaite d'Abdel-Kader en même temps qu'il planta devant les fenêtres, comme me le rappelait un jour le roi Albert, grand amateur d'arbres, le bouquet de frênes qui font la principale noblesse de la vallée.

Ces huit armoires des bibliothèques vitrées, je les ai garnies d'une part de livres reliés, au dos bien cirés aux jours de la guerre par les soins de Marie-Claire, et, d'autre part, d'une série de collections de revues. Je n'en ouvre pratiquement jamais les portes parce que les rebords de ces bibliothèques sont garnis de tant de portraits et d'images que j'hésite à les bousculer. Je ne signalerai dans cette série de livres comme remarquable que ma collection des premières années de NRF. Je la croyais intacte jusqu'au jour où je trouvai dans la chambre de mon fils Jean-François une belle édition reliée du Grand Meaulnes, unique en son genre. Il avait tout simplement arraché de ces fascicules les pages de ce roman célèbre pour en faire une édition unique au monde sans songer qu'il détruisait toute la valeur de ma collection. Les planches en dessous de ces bibliothèques sont aussi garnies de photographies, dessins mêlés aux livres et dossiers. J'en parcourrai tout à l'heure les paysages et les visages.

Je ne sais d'où vient le bureau sur lequel je travaille, ni la table poussée devant la fenêtre où j'ai installé les dossiers et les manuscrits de mon livre de famille, ni la grosse table ronde aux pieds ovales sur laquelle j'ai déposé mes atlas, ma tête de Romain au nez cassé, taillée dans la pierre par Roger Jacob, et, sur un bloc de chêne qui s'est vite fendu parce que d'un bois trop jeune, une tête d'ange venant de Saint Martin mais aussi une sculpture géométrique qui me fut apportée un jour par un maraudeur archéologue, du célèbre refuge de Montauban.

Je m'attendris sur la seule haute canne à pommeau d'ivoire qui me reste. Elle était, prétend-on, celle avec laquelle fut représenté, sur son seul portrait peint, mon arrière-grand-père Tinant, fils du prévôt de Chiny. Et je tremble toujours un peu de colère devant la ravissante cravache au long pommeau d'ivoire aussi, et aux bagues d'or, qu'une jolie fille un jour s'est amusée sans penser à mal à casser en s'en servant. Le canapé qui se trouve devant mon bureau provient du bureau de mon père à Tournai. Il continua sa vie dans l'appartement que mon frère Jean, triste, infirme, occupait à Ixelles dans le couvent des frères Alexiens.

Les restes de ce mobilier vénérable, deux fauteuils Voltaire, se trouvent dans ma chambre. Le fauteuil carré dont je me sers devant ma table généalogique vient du mobilier que je reçus en don pour mon bureau à la veille de mon premier mariage. Je n'ai l'œil attiré sur ce fauteuil à boules que parce que la femme de Thomas Braun a brodé, pour l'orner, le canevas où sont aussi écrites en rouge et noir, en souvenir de mon « Pater alterné » les demandes masculines et féminines de l'Oraison dominicale.

Je ne parle pas du reste qui est banal sauf les deux petits coffres anciens qui se trouvent sous une des bibliothèques. L'un d'eux contient les débris du vénérable mobilier de Boulle ; l'autre, ancien écritoire à tiroirs et à secret, recèle des correspondances assez émouvantes de mon adolescence – il faudrait, un jour, que je les classe. Longtemps y a été gardée la petite robe blanche qui enveloppait l'enfant Marie Isabelle quand elle mourut.

Il ne reste plus qu'à regarder les murs. Tous les Nothomb possibles de 1830, tous les d'Hoffschmidt locaux de 1850, le jeune Georges de Bavay et sa femme van Moorsel, dessinés par eux-mêmes, l'image en zouave pontifical du vieil homme que j'appelais mon oncle Henri, le capitaine Derely dont le petit-fils était si ému l'autre soir arrivant à la Bénédiction de la forêt avec ses cousins Villeroy et Boch, de retrouver ici ce souvenir ; le prince Henri de France au pied d'un escalier à Louvain entouré d'autres étudiants ; Michelangelo Zimolo les bras croisés, ressemblant à moitié à Bonaparte jeune, et à moitié à Malraux ; Georges Virrès dont je fus si ami et dont la photo avec monocle plus que le souvenir est effacée par le temps ; moi-même dessiné récemment pour le « Pourquoi Pas ? » par Serge Creuz

Et puis encore : un verger charmant de Jeanne Portenart et une vieille sépia de Naninne d'Anethan dont j'ai toujours goûté le charme ; un portrait de Cécile Gilson qui devait mourir si jeune près avoir écrit un petit roman déchirant ; une vue du cimetière de La Panne et de la tombe de mon père non dans la terre, mais dans le sable ; un portrait de Francis Jammes à la rose et de Robert Vallery-Radot appuyé à son échauguette d'Avallon ; un dessin de Forain représentant le Cardinal Mercier revenant de Rome parmi les ruines, découpé par moi en 1914 du « Figaro » : une image de Moreau le général en souvenir du mystère que je recherche de la parenté de celui-ci avec nos Moreau du Limbourg, et avec la tribu des Bleschamps et des Bonaparte.

Je prouverai un jour que la colère de Napoléon contre le mariage de Lucien provenait sans doute de la parenté d'Alexandrine avec son rival.

Je poursuis ma liste : une photo charmante de Guido Gezelle devant la porte du Couvent anglais ; un portrait du vieil Antoine de Nothomb assis dans son fauteuil à Long-la-ville, une longue visière abat-jour fixée à son front, quand ce colonel engrosseur de nièces devint propriétaire de sa faïencerie ; des portraits inconnus de jeunes hommes de la famille noblement bourgeoise de ma première femme qui ressemblent tous, malgré leur jeune âge, à Royer-Collard ; une image du tableau de la bataille de Kollin durant la guerre de Sept Ans en 1757 en Bohême, avec une lettre de l'archiduc Hubert-Salvador. J'avais admiré en déjeunant chez lui près de l'abbaye de Melk cet épisode aux uniformes blancs, il ne savait pas que ces soldats étaient des Wallons et c'est pour me remercier de le lui avoir dit qu'il m'a envoyé la photographie.

Mais encore une reproduction admirable dans un cadre acajou à filet de cuivre du Léopold Ier de Winterhalter ; ma triple silhouette par Georges Bernanos (il vous mettait une vitre sur l'épaule et, à l'encre, calquait le visage à travers la vitre, collant aussitôt un papier par-derrière). Comment pouvait-il me rendre aussi personnel et aussi vrai ?

Une vue de « Schleiden dans la Basse Allemagne », terme qui me fâche un peu alors qu'à côté s'étale, pour mes visiteurs rhénans, l'image de la province de Liège tout entière avec Schleiden ; Kronenbourg et les enclaves : à côté, en fac similé, la carte de la négociation arlonaise de 1831 signée par Van de Weyer, Dedel, Sempftt, Sebastiani, Parmerston, Pozzo du Borgo : c'est l'image du jeu joué par Jean-Baptiste Nothomb pour nous garder Arlon ; la généalogie écrite et mise sous verre des grands-parents de Feldkirsch et d'une branche ascendante des Lardenoy de Ville ; la magnifique toile d'un vieil homme de 1830 avec son ventre remplissant son gilet et sa haute cravate, qu'on me dit avoir été à cette époque un médecin célèbre ; le portrait de Jules Renkin au sommet de son inquiète puissance et celui de Juliette Carton de Wiart au moment où elle revenait de sa prison de Berlin en 1916 et où on l'appelait injustement « Mme Récamier » ; le moulage de « la médaille d'infamie » frappée en 1839 par des patriotes exaltés contre « Nothomb ex-journaliste libéral » ; le portrait suave de l'évêque de Hontheim : où sont les flammes et les fumées ?

Et puis… le père de Feller avec son long nez et Marguerite de Busbach dont nous disons tous qu'elle fut notre grande tante et qu'elle fut sainte, je ne suis sûr ni de l'une ni de l'autre ; un autre serment de Léopold Ier, celui que Slingeneyer peignit pour le Palais des Académies. Le jour où je voulus le faire photographier par un spécialiste illettré, il me rapporta la photo prise, après d'innombrables et coûteux échafaudages, avec la série des Belges illustres depuis Jules César qui garnit le fond de la salle. « Votre ancêtre doit être là-dedans », me dit-il.

Image de Ghislaine faisant sa révérence au milieu de nos filles à la Reine Élisabeth à son arrivée ici sur la terrasse en 1954 ; mon père en grande robe de conseiller ; la photographie envoyée par l'astronome Arendt avec une dédicace astrale de la comète qu'il découvrit ; le portrait de Juliette l'année qui suivit notre mariage dans sa robe de noces, quelle avait fait teindre en rose ; mon immense et affreux portrait par Friedman ; mon frère Jacques le jésuite peu avant sa mort, assis parmi les roseaux et la photo de mon fils Paul recevant en grande pompe l'épée du Roi quand il entra à l'école militaire : que de bouleversements, d'événements, de retournements dans sa vie depuis.

Et cette cave à liqueurs qui m'attendrit toujours parmi tous ces portraits, à cause de son couvercle grand ouvert qui laisse se déployer un fond vert, or et rose… Me voilà revenu à l'époque de mes nostalgies. Je suis, comme tous les miens, très Léopold Ier.

La bibliothèque

Lorsque j'ouvre la porte de mon bureau pour monter à la bibliothèque par le petit escalier, je commence à expliquer pourquoi, sur une porte intime à ma droite, se trouve encadrée et imprimée en belle typographie par l'imprimeur du village une strophe célèbre du Cimetière Marin de Paul Valéry :

Zénon ! Cruel Zénon ! Zénon d'Élée !
M'as-tu percé de cette flèche ailée
Qui vibre, vole, et qui ne vole pas !
Le son m'enfante et la flèche me tue !
Ah ! le soleil… Quelle ombre de tortue
Pour l'âme, Achille immobile à grands pas !

Cela ne manque pas de susciter, chez mes visiteurs familiers, quelque étonnement : c'est que depuis longtemps, je ne sais pourquoi, la petite pièce utilitaire dissimulée dans une tourelle annexe a été dénommée Zénon par mes enfants. Celle qui lui est superposée, à l'étage supérieur, s'appelant Monseigneur à cause de sa proximité de la « Chambre de l'évêque ». Une autre dans la maison s'appelant « Vestris », et celle du second étage « Trianon ».

Mais je suis distrait aussitôt par l'ample statue mutilée de Laurina. Cette merveilleuse statue de bois insuffisamment peinte a succombé après des hivers de pluie, et pour ne pas devoir lui voir perdre misérablement ses bras après ses pieds, ses seins après ses draperies, je l'ai rentrée ici, hissée sur une rondelle de hêtre, et mise ainsi sous l'escalier, toute éclatante de blancheur nouvelle, avec sur ses épaules d'une part son bras nu détaché et sa main élégante, d'autre part son autre main qui tient un flambeau. Laurina par sa jolie forme déhanchée, ses cuisses pleines sous sa tunique, ses seins nobles mais légers, troublait un peu un jeune prêtre qui passait devant et qui détournait pudiquement la tête. Je l'ai beaucoup plaisanté pour cela : c'était mon fils Dominique. Laurina venait d'un antiquaire à Bruxelles et avait servi à plusieurs de mes petits poèmes de « Terrasse » (1957). Elle a été remplacée en face de mes fenêtres par une Florina que Mireille Robyns a obtenue pour moi de sa grand-mère della Faille. Florina n'a pas toute l'ampleur de Laurina, mais tandis qu'elle se voile les seins de ses deux mains pudiques, un aigle à ses pieds surveille jalousement d'autres fruits et d'autres fleurs. On la reverra aussi dans mes poèmes…

À côté de Laurina, affichée avec d'autres, se trouvent deux documents qui me sont chers : l'un, sous l'œil de la belle déesse, est le « plan directeur » de mes tirs d'artillerie, à mon poste d'observation de P2 devant Pijpegaele pendant la campagne de 1914 : tout tavelé par la pluie, l'humidité et les graisses de mes ceintures de cuir et de mes gants, ce plan m'a servi pendant six mois à rectifier le tir de ma batterie. Je le regarde avec tendresse, il fut témoin de tant d'illusions et de tant de douleurs. C'est ce plan à la main que je décidai un jour avec mon téléphoniste Lemaire, ouvrier de Jumet (j'étais simple soldat comme lui) d'aller délivrer sur le pignon d'une ferme en ruines, entre les lignes, une chapelle de bois et une statuette de la Vierge. « Nous l'aurons sur notre conscience, lui disais-je, si demain elle est abattue. » Nous y allâmes en plein jour avec une échelle, nous rapportâmes l'image et la potale surmontée d'une petite croix de bois sculptée par un couteau villageois. Et le lendemain, comme sur un signe, le pignon était abattu. Nous avions sauvé notre Sainte Vierge. Lemaire l'a emportée dans sa mine ; j'ai emporté ma chapelle dans mes voyages et dans mes maisons : elle est clouée sur un arbre derrière le Pont d'Oye à l'entrée du bois d'en Haut ; la petite croix demeura près du lit d'un être cher et fut serrée par ses mains mourantes. Elle est aujourd'hui dans la chambre de Ghislaine, qui la continue.

L'autre document est le fac-similé que j'ai fait tirer à Paris pendant la guerre pour illustrer un opuscule que je publiai sur « la Protestation du Limbourg et du Luxembourg » en 1831 et en 1839, d'une pétition écrite par les habitants d'Arlon en 1838 et signée en tête par le jeune Alphonse Nothomb, le jeune Victor Tesch et le jeune Emmanuel Servais. Les deux premiers devaient devenir des ministres de la Belgique indépendante, le troisième le Premier ministre et peut-être l'un des hommes d'État les plus valables du petit pays qu'il avait voulu d'abord fermement en 1838 maintenir réuni à nous. Mais à l'impossible…

Je ne vais pas énumérer la suite des images que j'ai étagées le long des marches dans cette cage d'escalier. On y trouve le groupe des châteaux du Luxembourg gravé par Barthélémy, la Forge Roussel, Gomery, et le Villers, Fernand Fernandèz, le traître de la Dame du Pont d'Oye, la suite des combats de 1830, le Parc, la rue de Flandre, et l'apothéose de la place des Martyrs. La série de vues d'Arlon, autrefois petite ville étroite et aujourd'hui épanouie : la bute de Saint-Donat par Barthélémy, élevée parmi les arbres, les toits et les statues, mon portrait triste et pâle par Marie Palmers (de Terlamen).

Elle en était très fière et l'avait exposé partout. Je ne voulais pas m'y reconnaître. « Vous ne l'emporterez donc jamais, cher ami ?... » J'ai fini par l'emporter pour qu'elle ne l'expose plus. Camille Huysmans a pour ce portraitiste amateur une admiration incroyable. Il préfère son image par cette faiseuse de confiture à l'âpre silhouette que fit de lui Jeanne Portenart à l'époque où elle me donna une grandeur tragique.

Et enfin le beau Charlemagne que j'avais admiré un jour dans un salon de l'ambassade d'Allemagne à Bruxelles et qui avait été envoyé à celle-ci, œuvre d'un graveur aixois, par le trio des dirigeants de la ville d'Aix : Heusch, premier bourgmestre qui porte un nom limbourgeois, Maes, deuxième bourgmestre qui porte un nom flamand et Servais, directeur des travaux qui porte un nom wallon : la ville de Charlemagne était ainsi bien continuée. L'oberbürgermeister sachant mon admiration m'envoya un exemplaire de cette gravure.

Sur le palier de la Chambre de l'Évêque, je rentre mieux encore dans mon climat : c'est le portrait de Léopold Ier – encore – entouré de la reine et de ses trois enfants, que j'ai toujours vu dans le bureau de mon père ; c'est le portrait du jeune duc de Brabant avec la jeune Marie-Henriette alors fraîche et légère, et à côté celui de la Marie-Henriette plus lourde des dix années qui ont suivi ; et naturellement Jean-Baptiste et Alphonse ; et aussi cette jolie gravure portugaise représentant des lavandières au pied d'un château fort qui a fait l'ornement de ma chambre d'enfant à Tournai quand j'étais écolier.

Cet escalier monte très haut, escorté encore d'innombrables images ; il aboutit au petit appartement que, derrière ses doubles fenêtres, j'ai aménagé pour Simon-Pierre et qu'il a fort peu occupé ; il est joyeux malgré le cortège funèbre qui le précède, celui de Louise-Marie, depuis Ostende jusqu'à Laeken avec le convoi funèbre traversant, derrière sa locomotive à vapeur, les plaines de Monplaisir... J'abandonne les chambres, les greniers et les bibliothèques supplémentaires, les armoires et quelques meubles touchants du second étage qui s'allonge, au long d'un corridor de couvent aux chambres numérotées, garnies depuis deux ans en grande partie, parmi le bric-à-brac de meubles anciens, des lits et des armoires que j'ai achetés à la faillite des fameux hôtels, à peu près inutilisés, de l'exposition de 1958.

Fermons la porte et passons dans la grande Bibliothèque ; elle se compose de deux chambres jadis obscures et que les couvertures claires de livres brochés rendent plus lumineuses et plus vivantes. J'y ai fait ajouter un peu partout des rayons, et peut-être pourrai-je en ajouter encore ; un panneau d'archives aux rayons plus profonds sera un jour un peu mieux rangé. La Bibliothèque sculptée qui garnit le fond des pièces a été successivement l'ornement d'une petite pièce serrée de la maison de la rue Bosquet, puis élargie et complétée, le fond du panneau de mon grand bureau de la rue du Méridien... que de souvenirs pour moi seul !

Dans cette première pièce, je ne note que l'image du Curé Maudit – mes enfants me demanderont peut-être ce qu'il signifie. Voici. C'était une vieille toile trouée, peinte assez grossièrement, de teinte noire, d'un abbé au double rabat, tenant entre ses mains un papier roulé fort abîmé par le temps ou par les larmes ; il avait l'air si triste et douloureux quand je le trouvai dans un grenier de Hasselt et que je l'emportai pour deviner qui il était, que je l'avais surnommé le Curé Maudit. Je racontais à mes enfants une belle histoire de condamnation hérétique et de réconciliation douloureuse. Peut-être étais-je hanté déjà par mon Fébronius. Quelle ne fut pas ma surprise un jour d'apprendre que c'était le portrait d'un arrière-grand-oncle de Bavay, curé de Châtelet ou chanoine, condamné par son Évêque du chef de jansénisme, chassé de son église, parti à Rome pour se plaindre de son tourment et revenant mal apaisé, mais avec une bulle justificatrice. J'ai beaucoup eu pitié de ce « Curé Maudit ».

Dans la seconde salle de ma « librairie », où se multiplient les ouvrages romantiques, les vieux livres, les études d'histoire de Belgique et du Luxembourg, devaient se trouver naturellement, l'un en face de l'autre, les deux bustes des vieux Nothomb, Alphonse par André Fontaine ressuscité à ma demande d'après des photos et des peintures, et en face, avec toutes ses croix et engoncé dans sa cravate, le Jean-Baptiste Nothomb de Jef Lambeau dont l'original est au Parlement.

Personne ne sait ce que veut dire au-dessus de sa tête une affiche encadrée et collée sur carton avec mon portrait du temps que j'étais jeune et beau : « Socialistes, Nothomb, voilà l'ennemi. » On est persuadé que c'était la marque de la haine que les socialistes de Bruxelles, à la veille des élections de 1923 où j'échouai, éprouvaient pour ce jeune chef de droite. Je peux bien avouer que c'était moi qui avais fait imprimer cette affiche. On ne comprendra pas non plus comment je possède cette curieuse « Proclamatie… in naam van het Provisoire Gouvernement », adressée aux « Inwoners van Turnhout » et signé Jalheau. Je l'ai trouvée dans la maison que la fille de ce capitaine – elle s'appelait Marie Noël comme le grand poète – avait léguée à mon beau-père et où je vécus de longues années, rue du Méridien. Ce jeune Liégeois avait été le seul, à l'appel de Sasse van Ysselt peut-être, en voulant en 1830, volontaire commandant militairement la Campine, à souhaiter conquérir le Brabant Septentrional.

Je possédais sur cet épisode qui échoua naturellement faute de soutien du gouvernement de Bruxelles, et dont personne n'a jamais parlé, un dossier important et pittoresque que j'ai remis un jour à François du Four, alors bourgmestre de Turnhout : il l'a perdu au lieu de le mettre dans le musée historique local auquel je voulais bien l'abandonner.

Dix mille volumes, vingt mille volumes, je ne sais vraiment pas combien. Et je ne sais vraiment pas non plus combien de ces livres j'ai lu et combien me sont utiles ; ce que je sais, c'est que mes fils et mes filles ne cessent d'y prendre leur bien, c'est-à-dire le mien, et de porter dans leur propre bibliothèque, c'est-à-dire nulle part, des ouvrages qui étaient nécessaires à la mienne.

Depuis que je suis entré dans la bibliothèque, je jouis avec intensité de cette joie que j'ai toujours à voir et à revoir les perspectives que j'aime ; en supprimant la porte entre les deux salles, en calant avec vivacité et force la porte de la seconde vers la Galerie, en tenant ouverte, à l'autre bout de celle-ci, la double porte de la Chapelle, j'ai créé une enfilade qui m'émeut et dont je ne me lasse jamais – telles sont mes joies modestes. Je n'éprouve un pareil bonheur que lorsque je suis assis sur le banc du bout de la terrasse d'où je vois à la fois, en été et en hiver, le déploiement de ma façade rose et celle des étangs et des bois jusqu'à hauteur du Doux Pommier. J'en suis souvent remué jusqu'aux larmes. Quel aveu de la part d'un homme fort !

À côté de la bibliothèque, vers la façade, se trouve une enfilade de chambres et de cabinets de toilette que j'ai peu à peu aménagés. La chambre de l'Évêque où nous avons longtemps habité bien qu'elle fût froide et où est né Simon-Pierre, m'amène aussi bien d'autres souvenirs… les gravures qui l'entourent sont celles du « Soldat bienfaisant », du « Prêtre charitable » et du « Médecin compatissant » qui ornaient « la petite salle à manger » de notre deuxième maison de Tournai, à la rue Saint Martin.

Il y a deux lits dans cette chambre. Les enfants ayant demandé pourquoi on avait mis deux lits dans une chambre d'évêque, l'un des plus grands interrompit ses petits cousins pour expliquer que le second lit était destiné sans doute au vicaire général. Et comme il y avait aussi un petit lit, à cause d'un récent séjour de Jacqueline et de ses bébés, l'un d'eux précisa que le petit lit était destiné certainement à l'enfant de chœur. J'ai failli loger dans cette chambre, pendant la drôle de guerre, une pensionnaire illustre : c'était la Reine Élisabeth. Un certain X de Streel, alors son secrétaire, ne se nommant d'ailleurs pas aux gens du château quand il y fit cette visite, trouva la chambre convenable, mais l'endroit appelé Monseigneur qui était à côté pas assez confortable vraiment. Il avait raison. C'est alors, dépité, que je le fis moderniser : souvenir auguste et royal.

La « chambre à fleurs » où loge le plus souvent Marie-Claire avait autrefois au-dessus de sa cheminée un grand portrait de Jacqueline peinte en bleu par Daisy de Vinck : il était fade mais charmant, et je ne sais pourquoi mes fils et ma fille lui avaient déclaré la guerre. Un jour ils le décrochèrent après y avoir peint des moustaches et en avoir crevé les yeux. Je n'en finis pas d'en décolérer. Je l'ai remplacé par le très joli dessin de la femme, morte jeune, du Procureur général de Bavay née van Moorsel aussi.

Il y a dans cette chambre deux ou trois images qui me touchent encore : celle de la petite fille debout sur un canapé bleu, qui embrasse en pleurant sa jeune mère en contemplation devant le portrait en bel uniforme de son époux parti aux armées. Et cette mer de combat naval à l'époque de Navarin, qui n'a pas l'air bien terrible. J'aime l'atmosphère souvent ensoleillée de cette chambre à fleurs. J'y ai logé longuement pendant une maladie d'hiver en 1941. J'avais devant les yeux comme un rappel de mon devoir – et de notre unité – la colline du Vilquebois à partir de laquelle les Allemands voulaient annexer la contrée. La Rulles formant la limite des langues. Je préparai là dans ma colère, mon premier voyage à Rome pour essayer d'empêcher cela. Un autre désir sourd mais brûlant, exigeait ce voyage.

La galerie

Je prends en enfilade, en sortant de la bibliothèque, par la porte toujours ouverte et bien calée bien entendu, cette Galerie où j'énumérerai, l'un après l'autre, dans un désordre intellectuel parfait, les objets tels qu'ils se présentent. À ma gauche, la statue de Saint Sébastien sur une console, et sur un fond de soie bleu et or ; il se détache de sa chapelle, le corps tendu et pourtant beau, les pieds liés au tronc d'un arbre ; seules manquent les flèches dont les pointes se sont cassées dans cette chair trop belle. J'ai acheté ce Saint Sébastien à un marchand ambulant un jour d'hiver où Paul Gendebien et ses enfants étaient venus nous voir : l'homme et sa charrette nous rattrapèrent au bord de l'étang.

En face, sur la fenêtre, quelques-uns de ces portraits au crayon ou de ces silhouettes dont ma maison est si remplie, et ce joli mais un peu mièvre Cupidon de bronze qui était autrefois sur la cheminée de la salle à manger, remplaçant le grand Charles Quint de Stuttgart depuis que celui-ci avait été transporté dans mon bureau : un ami de Dominique, venant voir celui-ci, regardait avec curiosité cet autre éphèbe nu et fléché, et je l'entends encore dire timidement en sortant de table : on m'avait dit que sur la cheminée, il y avait une statue de ton ancêtre, je ne pensais pas qu'il était aussi jeune… On lui avait décrit le Charles Quint comme un grand-père.

Une aquarelle de Tony Hermant, du moins je le crois, me fait penser, je ne sais pourquoi, à ce château de la Suisse Romande où vécut Rainer Maria Rilke, et le vase de Gallé, artiste si célèbre à l'époque, est un cadeau de mariage de Joseph Boseret, mélancolique ami à ce moment de Pierre de Gerlache et de moi-même. Entre les deux portes, la grande peinture romantique due au pinceau d'un vieux cousin ou oncle Storms, qui représente une scène napolitaine ; est-ce la « Muette de Portici » ? La vieille femme accroupie sur la plage, c'est, parait-il, l'image de la mère du peintre, le barbu qui tient son collier, le fusil posé près de lui sur un roc en cas d'alerte et qui de l'autre main presse la taille d'une jeune fille chaste et pure à la manière de 1828, c'est le peintre et la jeune fille est sa sœur, la future marquise de Wavrin. C'était une famille où on se portraiturait en groupe et j'ai passé très vite en bas devant un de ces groupes réunis sur une pelouse au pied du château de Deurne où habitaient les Storms. La mère était la fille du fameux Beerenbroek.

Cette Madame de Sévigné me fut donnée en cadeau pour mon second mariage par Léon du Bus de Warneffe et cette « Popinella » fut dessinée à Capri par un peintre nommé Guffens auquel Kasselt, d'où me vient ce cadre, a donné un boulevard. Pas en échange.

Deuxième fenêtre. D'un côté, une autre aquarelle éclatante de ce charmant Tony Hermant qui devait se perdre dans l'amateurisme le plus élégant ; de l'autre côté, l'image de la première communion de Thérèse de le Court, sœur de mon grand-père, faite « dans la chapelle de l'Ambassade de France à La Haye » en mai 1837 ; son père était resté fidèle comme beaucoup de notables et de fonctionnaires de son espèce, au roi de Hollande. Directeur au ministère des Affaires étrangères il avait jusqu'en 1830 travaillé un an au nord et un an au sud. Le voici jusqu'à sa retraite fixé à La Haye. C'est ainsi que le vieux Frédéric de le Court, dans les âges très avancés de la vie, tout en empêchant ses fils de patiner au bois de la Cambre de peur qu'ils ne se noient ou se tuent, racontait à longueur de soirée ses patinages à Leyde, où il était étudiant, sur les canaux infinis.

De Hasselt viennent ce noir, style Othello, et cette noire aux beaux seins découverts et au pagne multicolore, qui tient une palme au-dessus de sa tête, le gondolier en face levant un parasol ; débris du « mobilier de Venise » que les époux d'il y a septante-cinq ans rapportaient en voiture du fond de leur voyage de noces traditionnel. J'aime ces deux noirs. Un jour la brutale cuisinière – toujours elle – en ôtant les poussières et en les jetant par la fenêtre a mal refermé celle-ci, et un coup de vent a lancé mes Maures dans l'escalier : il n'en restait que des débris. Les Trazegnies m'ont alors fait connaître le gentil Vanderborght du palais des Beaux-Arts qui, par amour de ces objets fragiles, les a raccommodés tant bien que mal sans vouloir me demander un centime. Merci.

Entre cette fenêtre et la suivante, le beau cadre doré, à cordes de bois et aux ornements légers, dans lequel, sous une vitre et sur un fond de velours est pendue une étrange petite robe mandarine ramenée de ses voyages en Chine par le fameux Guillaume de Brouwer dont j'ai donné, ou plutôt fait vendre à grand prix par Jean-François, pour ses bonnes œuvres, la statuette en pâte de riz qui faisait mon orgueil et dont j'ai raconté l'histoire, avec celle du « fauteuil de Guillaume de Brouwer » dans « Ces curieux personnages ».

Cette robe d'enfant chinoise est le seul vestige qui nous reste de lui. Tout cela est arrivé chez mes enfants par les femmes : nouvelle preuve que de la faute que commettent les parents en ne donnant pas le petit trésor familial et les souvenirs de famille à un porteur de nom. Pourquoi cette petite robe brodée de bleu, est-elle encadrée des images si persistantes ici, de Louis Philippe et de sa sœur Madame Adélaïde qui semble régner sur toute l'époque.

Tout cela se mire dans la grande glace dorée placée en face, entre deux chaises venues aussi du salon de Hasselt, dont c'était le troisième trumeau, les autres ayant été vendus à la mort du grand-père, et c'est lui qui, sans le savoir, est présent de chaque côté de cette glace avec deux grandes aquarelles dont il ne savait pas, en les peignant, qu'elles auraient pour moi un tel sens : l'une représente le petit presbytère à tourelle de Houthem près de Furnes qui devait devenir le quartier général du roi Albert pendant toute la guerre de l'Yser. Je me souviendrai toujours l'avoir vu passer sur le petit pont, long et un peu penché, sous des peupliers. Le tout est charmant sous ces arbres dorés.

L'autre aquarelle représente l'église d'Alveringen au pied de laquelle devait être enterré provisoirement Verhaeren. C'est là que le Roi et la Reine le firent porter et l'honorèrent. J'ai été le seul, je crois, qui me soit élevé contre le transfert du corps du vieux poète au bord de l'Escaut, tant je tenais à le voir reposer dans cette terre du pays de Furnes. J'y avais appris sa mort d'une façon très émouvante le jour même où j'arrivais au front en 1915, et où je recevais au bord du canal de l'Yser, de la main du bourgmestre de la Panne, d'Arippe, une lettre du grand poète, mort la veille, et le premier exemplaire de mon volume « Les réfugiés et les héros » dont il avait écrit si généreusement la préface, pages de politique et de nationalisme belge même, dirai-je, dont aucune biographie de Verhaeren semble n'avoir voulu parler.

Encore des aquarelles du grand-père de Hollande et voici, sur l'une d'elles, ses enfants qui patinent. En face une belle carte du « Luxembourg français » au-dessus des roses dans une flûte à champagne, dessinées au fusain par Juliette en juin 1910 ; elle avait seize ans.

Pamela, ainsi appelons-nous, cette pieuse jeune fille du temps de madame Swetchine, ou plutôt de Madame Amable Tastu, qui s'avance vers l'église dans un costume modeste serrant sur son chaste sein un eucologue et un chapelet. Elle ne pouvait s'appeler que Pamela. Tandis qu'en dessous ce ne peut être que Lamartine jeune et ravissant poète, dans son col échancré, ses cheveux en auréole, ses regards qui contemplent l'infini. Nous verrons tout à l'heure Lamartine vieux…

Tout annonce maintenant la chapelle, sauf la grande photo du « Lange Jan », est-ce bien cela ? Ce géant du temps espagnol, qui était garé devant les écuries de M. Bamps et qui n'en sortait, assis sur son char immense, qu'aux fêtes de la septième année. Deux petites filles se tiennent debout sur le char et leurs têtes atteignent à peine le pli de la botte sous le genou. Valentine aux cheveux blonds, Juliette aux cheveux noirs à qui une mère égoïste devait faire payer si cher la mort de la blonde préférée. Cette disgrâce, cette pitié furent pour beaucoup dans mon mariage avec elle.

Tout n'est plus maintenant que pitié, dévotion, prière. Même le *Lusus poeticus* si bien encadré, imprimé par Ducaju à Gand, sur un ancien parchemin à la gloire de Robert de Bavay pour son intronisation à Villers, avec blason chronogramme – décidément ce n'était pas un saint. Sous cette louange versifiée, l'armoire aux anges où l'on remise, car c'est la sacristie, les livres de prières les plus courants et les burettes, les cierges et l'évangéliaire. Les autres livres sont rangés sur la fenêtre en face. Palmiers célestes et toutes les Imitations de Jésus Christ traduites par les abbés suaves. Le plus suave est Lamennais dont j'ai senti si fort à la Chenaie la tragédie. Pourquoi s'obligeait-il, lui le tumultueux, le douloureux à ne se servir dans cette traduction que de mots purs et tendres. Était-ce délivrance, ou était-ce tragédie encore – ou déjà… ?

Un grand Christ de bois détaché de la croix est couché sur la tablette de cette fenêtre profonde – la quatrième – comme dans un tombeau. Il n'a plus de bras, sa tête dont les cheveux tombent en torsades, se penche vers l'épaule droite, celle qui fut proche du Bon Larron. Un autre visage du Christ est posé à ses pieds ; c'est la tête ravagée et si douce dans sa douleur de la « Pieta » que j'ai ramassée avec Gustave Guillaume dans l'église de Woesten qui venait de s'écrouler sous les bombes. J'emportai sous mon bras cette tête de plâtre et de toile. « Qu'avez-vous dérobé là ? » me disait le savant et le beau Jean de Mot rencontré à la sortie des ruines. Mais comme j'ouvrais la boîte de fer blanc où je l'avais forcée, la trouvant sans valeur, il me pardonna. Elle ne m'a jamais quitté. Elle a toujours exprimé pour moi la douleur la plus divine.

Le Saint Hubert de Nohon, dont voici la photo, est autrement plaisant et au-dessus, combien moins douloureux, le *Consommatum est* de cet Antoine van Dijck qui n'a jamais compris la Tragédie et qui fut peut-être un diplomate exquis ou un courtisan élégant pour les Stuart de la bonne époque, mais, disciple affadi de Rubens, ni charnel, ni divin.

Achevant cette galerie, et exactement placée au-dessus de la porte, que j'ai fait s'ouvrir toute large sur la chapelle, « l'Annonciation » de Giotto copiée à Assise par le Guffens déjà nommé : j'ai toujours vénéré cette image exquise et réservée, la plus pure peut-être et la plus valable des Annonciations composées.

J'ai gardé pour la fin, parce qu'elle est ma plus belle joie, l'aquarelle de Marie Howet placée au sommet de l'escalier et qui représente l'île de Saint Gildas. « J'ai ici une image tellement étrange, m'avait dit Marie lors de sa dernière exposition, que je n'ai pas osé l'exposer. Elle est dans ma réserve, je l'ai gardée pour vous. Imaginez-vous qu'elle représente une île en Bretagne où tout m'est apparu ailé ; l'île elle-même va peut-être s'envoler et des nuages par-dessus ont toujours un peu la forme d'archanges. » « Comment s'appelle cette île ?, lui demandai-je. » « C'est Saint Gildas. ». J'en revenais et j'y avais écrit ce chapitre du Prince d'Olzheim où l'on voit dans des nuages aux armes d'ailes d'archanges, l'archange lui-même Lindberg, voisin d'Alexis Carrel, descendre du ciel à la rencontre du petit frère de Jésus ou du Prince d'Olzheim auquel il apporte un galet en forme de cœur, un cœur roulé par les siècles et ramassé sur la plage pour l'exaltation et pour la douleur. Vous ne saviez pas, Marie, vous ne m'aviez pas lu. Comment n'aimerais-je pas d'une vraie tendresse cette femme peintre qui répondait si bien à ma vie ?

Cette chapelle dont chacun croit, ou veut croire malgré moi, quand je lui fais visiter l'arrière du château qu'elle est là depuis toujours et qu'elle a vu les prosternations de la Marquise, n'était autrefois qu'une chambre à coucher assez triste et que nous appelions la chambre du Colonel parce qu'un jour que le reste de la maison était bondé de monde, nous y avions logé le fameux colonel Reul arrivant ici, brusquement, lui aussi comme un archange, au début de ma première campagne électorale dans le Luxembourg, pour arracher en ma faveur le vote de tous les camarades de la garnison d'Arlon.

Cet homme étrange et ardent qui finit, avant notre guerre, comme chef d'état-major du Négus, avait toujours derrière lui un parfum de romanesque : il n'emmène pas ici sa femme ravissante, qui de surplus n'était peut-être pas sa femme. Il l'avait enlevée sur le fleuve Congo, la disputant à Roger de Prelle, au général commandant l'armée allemande de l'État Africain, emmené prisonnier à Léopoldville. J'entends encore Reul raconter toutes ses aventures ». C'était la fille du préfet de police de Berlin, etc.

Le général disparut opportunément dans quelque cataracte. Sa femme règne, dit-on, à Bruxelles sur beaucoup de cœurs. Mais il ne faut pas penser dans cette chambre à ces histoires d'amour. Elle m'attendrit avec son papier rouge qui d'un côté, acheté sans doute dans un magasin moins cher, a pâli jusqu'au rose presque blanc, et de l'autre côté a gardé toute sa pourpre. Celle-ci se prolonge jusque derrière l'autel où elle réapparaît entre les colonnettes et les coquilles. C'est le vieil autel d'une église voisine dont un curé de mauvais goût, comme ils sont presque tous, remplaça les boiseries charmantes par quelque marbre dégoûtant et quelques dorures industrielles : un de ses successeurs, que je ne nommerai pas, parce qu'il fut juste dans son vol pieux, me donna pour les sauver ces anges, ces fruits, ces grappes, ces chapiteaux, cet entablement léger, ces palmes vertes entrecroisées parmi les colliers d'or, et les deux chapelles de droite et de gauche si usées, l'une si fendue, dans lesquelles j'ai placé deux statuettes bien chères, un christ de « l'Ecce Homo » que mon père aimait tant et gardait toujours devant lui sur un meuble. Ou est-ce peut-être Saint Jean ? Il est nu sous un manteau de pourpre et il tient comme un sceptre une longue bannière surmontée d'une croix. L'autre est une petite vierge de Salzbourg que Jo van der Elst m'envoya en souvenir d'un pèlerinage en Autriche où les prières et les vierges furent emmêlées pour moi avec une musique de Mozart.

Lettre de faire part de Robert de Bavay : *Jesus-Maria-Bernardus, Amplissimus ac reverendissimus dominus…* c'était vraiment un homme de juste milieu ; vue perspective de son abbaye de Villers encore entière alors ; et, en face, dans l'embrasure, l'acte d'affliction à l'abbaye d'Orval – cela nous vaut sans doute quelque prière – et le portrait de la seule sainte de la famille, la mère Eugénie de Milleret de Brou fondatrice de l'Assomption. Tous les Bosquet de la vraie famille Bosquet se réclament d'elle depuis qu'elle est sainte, mais sa vie attentivement lue m'a fait un instant douter de sa vocation : elle était trop femme de tête, elle parlait trop d'argent, elle en remontrait trop à son curé. Un jour que, à la veille de sa béatification, Adrien Nieuwenhuys, ambassadeur au Vatican, son petit neveu comme moi, allait porter au pape Pie XII, ancien aumônier de l'Assomption, son trésor de lettres familiales de la Mère Eugénie, il s'entendit répondre gentiment par le Pape qu'on en connaissait déjà vingt-six mille.

Le plus bel ornement du mur de cette chapelle entre les deux « obiit » de mon père et de mon fils – pour être sûr de la correction des miens, je les ai fait peindre de mon vivant, seule la date y manque – c'est une grande toile de Jean Muylle qui avait alors du talent, et qui peignit sous mes yeux et pour moi – je le lui avais demandé pour je ne sais quelle muraille, je n'étais pas encore au Pont d'Oye – ce Christ portant son fardeau. Il l'a peint le visage caché sous les cheveux tombants, écrasé par la misère du monde, sa croix mal portée par des disciples lâches et faibles, attentifs seulement, semble-t-il, à leur bonne posture dans le cadre ; écrasé, maigre, décharné, embarrassé dans ses pieds mêmes et dans les ailes de ses manches comme l'Albatros de Baudelaire dont me parlait le Muylle, alors lettré.

Je m'agenouille une seconde sur les gros prie-Dieu chargés de prières et pieux livres, sur les chaises d'église rapportées de diverses villes de province par des grand-tantes saintes qui y dévidaient leur rosaire.

C'est fini. J'ai fait percer une porte sur le corridor de ma chambre, à travers un mur très épais, pour les voisins et les domestiques lorsqu'ils viennent assister le dimanche à la messe, montant de la Salle Bleue par l'escalier que j'y ai placé. C'est par cette porte que nous quitterons la chapelle. Quelques pas sous les quatre cadres de mon enfance. Les deux fils de notre premier roi, et leurs femmes très belles.

C'est le corridor Léopold II. Une vieille horloge blessée qui vient de Tournai surveille du palier l'escalier bordé de châteaux et de silhouettes qui montent à la « chambre de l'aumônier » et au long couloir conventuel du second étage. Dans cette « chambre de l'aumônier » logeait l'autre semaine avec sa toute jeune femme mon petit-fils Patrick par lequel je désire tant voir augmenter le paradoxe de ma jeunesse persistante. J'essayais de ne pas l'entendre, de mon lit, qui faisait un peu gémir le sien – peut-être me disais-je, me fait-il arrière-grand-père…

Ma chambre

J'aboutis à cette chambre qui m'est devenue sacrée. J'ai failli deux fois y mourir, j'espère y mourir. J'y ai fait deux fois la confession qui pouvait être la dernière, et l'autre fois que je m'y suis étendu pour des semaines, ce fut à la suite d'une chute qui me déchira les muscles de la jambe et m'immobilisa dans le plâtre pendant tout un été qui aurait dû être si heureux. C'était peut-être Dieu qui me frappait.

J'ai mis pour me consoler mon lit devant la fenêtre cet été-là et c'est d'ici que je regardais monter dans le soleil, qui fut si beau alors, et dans la pluie qui fut si implacable, le jet d'eau que rien ne pouvait décourager. C'est ici que pendant cette immobilité plâtrée, j'ai reçu la visite de tous mes voisins, et notamment créé « Morménil » en le racontant aux enfants Merode, écoutant à mon tour, à la fin du récit, le rêve de leur mère qui causant avec Ghislaine dans un coin n'avait pas entendu mon histoire, mais qui, sans le savoir, la complétait et la finissait.

Je n'ai pas fait exprès d'y grouper les objets qui me sont le plus chers. Et peut-être me sont-ils devenus plus chers parce que je les ai groupés ici. Mais tous ont pour moi une signification très vivace.

Au-dessus de mon lit, le portrait de Léopold Ier rappelle cette époque à laquelle je reviens toujours, et à côté de lui ma jeune grand-mère autrichienne, la petite fille bleue d'en bas, qui dans ce beau dessin aussi a un visage très grave et très jeune, presque sans âge toujours. Et mon père près de la haute lampe qui permet mes lectures du soir et du jour, mon père dans sa robe rouge, avec sa barbe magnifique étalée sur son rabat. Je retrouve de l'autre côté de la fenêtre la même grand-mère bleue un peu vieillie peut-être et moins jolie que dans son enfance et puis ma mère à côté d'elle dans son grand voile de veuve.

Est-ce que j'aurais groupé ici toutes les femmes que j'ai aimées ? Je ne le crois pas. Voici, auprès de ma mère et de sa mère, ma grand-mère paternelle avec sur ses bandeaux une couronne blanche ou un bonnet, je ne sais pas très bien. Elle est morte moins de deux ans après ma naissance mais je me souviens très bien d'elle. Le plus ancien souvenir de ma vie, c'est la petite maison blanche de la rue du Chambge à Tournai où je suis né, une chambre d'enfant dont je vois un ou deux jouets dans la lumière, une fenêtre haute, sans doute mansardée, vers laquelle je me vois levé. Je vois surtout une porte s'ouvrir dans le noir et ma grand-mère descendre ou monter l'escalier. En costume de nuit, une lampe à la main. Je n'ai jamais vu son visage mais sa forme blanche et amicale, la lumière de sa lampe sont demeurées dans mes yeux.

Cette jeune fille assez laide aux bandeaux tirés aussi, c'est celle que j'ai connue si vieille, la tante Laure de Bavay. Je l'aimai du temps de mes longues fiançailles parce que j'avais découvert dans les réserves de Juliette, les carnets où elle écrivait tous les jours ses actions et ses pensées qui m'ont aidé à écrire « Fauquebois ». J'y ai retrouvé sa visite à Lamartine et ses amours déçus ou plutôt son amour déçu. Elle ne le nomma jamais autrement dans ses carnets qu'en écrivant Monsieur avant son nom ; j'ai découvert et rencontré plus tard à Anvers la fille de ce Monsieur qu'elle eût dû épouser et dont la fuite – ou l'oubli – la désola. (La baronne de Maere, née, Langhans).

Mais j'ai mieux aimé que toute autre, parmi les jeunes filles de cette époque, cette autre, dont je ne connaîtrai jamais le nom et que j'avais pris pendant longtemps pour la petite Laure. C'est vraiment elle l'héroïne de Fauquebois. Je puis dire que j'ai vraiment aimé dans le sens le plus profond du mot, pendant quelques années de ma jeunesse, sa petite cravate sur son col monté, en blouse blanche légère, ses yeux charmants dans une tête penchée, et même ce cadre rond dont les guirlandes étaient vraiment faites pour ce visage presque effacé.

Ces trois portraits, ma grand-mère et ces deux Laure, sont placés sur le mur au-dessus du secrétaire de mon père, qui supporte aussi une pendule carrée de ma mère, et une liseuse d'acajou qui vient je ne sais d'où et sur laquelle aujourd'hui comme hier repose une tige que je crois parfois desséchée. Celle qui me l'a donnée comprendra-t-elle jamais que ma vie dépend de son sourire ?

Ce secrétaire que Pénin a réparé et rajeuni après sa maladie (Pénin péniblement peignit dans la pénombre et la pénicilline pénétrait Pénin). Il est de palissandre avec une planche à ressorts abattue, avec des tiroirs multiples et deux tiroirs secrets ; j'avais cru longtemps sans avoir découvert ces tiroirs secrets qu'ils recelaient une fortune cachée ; mon père ne les avait jamais trouvés. C'est moi qui en portant la main au fond de l'alvéole qui contient l'un des petits tiroirs de droite ai fait manœuvrer un déclic. Il n'y avait rien dans la cachette et j'ai regretté d'avoir violé son secret.

Près de ce secrétaire, faisant angle avec lui, un petit meuble devant lequel mon père, dans un bureau de Bruxelles, rue de Naples, aimait à écrire. Tous les cartons de ce cartonnier ont disparu et sur la tablette supérieure j'ai posé le reliquaire de Saint Pierre et de Sainte Juliette que me donna, lors de mon premier mariage, un chanoine amical dont j'ai plus tard voulu faire un évêque de Tournai lorsque pendant la Première Guerre j'ai eu quelque puissance. Je n'y ai pas réussi.

Et si j'ai fait admirer à côté sans l'ouvrir la belle boîte longue qui s'y trouve et que mes visiteurs ne peuvent pas définir, je peux bien avouer que c'était la boîte à rasoir, à encrier, à tire-bouchons de mon grand-père – ces rasoirs, un par jour, étaient si peu poétiques. Je l'ouvre à l'instant pendant que je dicte et j'y trouve des merveilles que je ne me souvenais pas y avoir jamais découvertes, le flacon à parfum, la brosse légère pour quelque poussière, le crochet à piquer dans la tapisserie ou sur le manteau, un lumignon pour lire au lit ou en diligence.

Le grand-père, au-dessus, est le vieil Autrichien déjà si souvent nommé, le voici engoncé dans sa haute cravate avec sa rouge décoration et son air naïf et sérieux ; sa femme est en face, nettoyée aussi par les soins de Marie-Claire, sur sa toile luisante, avec au cou et aux oreilles une parure d'or que ma mère a donnée à Marie-Claire qui, pour cela, réclame aussi ce portrait ou les deux. Ils sont complétés par l'image dessinée à la même époque, par le même peintre, du frère d'Eugénie Fosses, le colonel Alphonse, dans son beau costume de grenadier à épaulettes et à brandebourgs, tel qu'il était au moment de la trahison de son frère plus brillant que lui, et de la surdité de son autre frère. Tous trois furent colonels. Ce sont les héros de mon « Risquons Tout ». Leur père se trouve dessiné en dessous d'eux tel qu'il était après avoir gouverné le duché de Bouillon, sauvé la famille de Minckwitz écrasée par la Révolution, fui Porcheresse où son beau-frère se « paysannait » et conquis pacifiquement le pouvoir dans le pays de Philippeville et des Fagnes qui avait été celui de sa naissance.

Pourquoi ai-je mis à côté de lui deux gravures de la même époque dont l'une m'est fort indifférente ? Parce que, peut-être, elles complètent pour moi cette période familiale. D'un côté, assis sur sa chaise, le grand-père de Juliette, le premier, le deuxième ou le troisième des bourgmestres Bamps de Hasselt, et de l'autre côté, le vieil homme dont j'ai raconté l'histoire dans « Fauquebois » et auquel j'ai fait déjà au cours de cette promenade tant d'allusions, Georges de Bavay, qui ami de Jean-Baptiste Nothomb, secrétaire général de son ministère des Travaux publics, ministre à son tour, et puis, à la suite d'une crise, sans fortune, ayant perdu sa situation et sa gloire, envoyé dans des fonctions plus humbles de Directeur du Trésor dans le chef-lieu du Limbourg où il figurait au Te Deum paré de ses grands cordons liés à son rang de fonctionnaire, mais quand le Roi se rendait au camp de Beverlee il s'arrêtait chez lui, quittant parfois sa suite pour bavarder comme autrefois.

C'est l'époque de ces lampes à huile et à remontoir, en faïence de Bruxelles à fleurs et avec des globes dépolis, qui encadrent sur la cheminée le curieux brûle-parfum à clochettes d'or. Dans quel grenier les ai-je retrouvés ? Mais le Devant-de-feu aux couleurs passées qui cache le poêle à mazout de l'hiver, je le reconnais tel que je l'ai vu depuis ma plus petite enfance dans le salon de ma mère peint sur une soie indélébile ; trois chaises d'acajou au dossier rond, tendues de Perse passée, les deux fauteuils Voltaire du bureau de mon père. L'armoire bibliothèque devenue lingère derrière la tenture rouge qui en double les vitres vient, elle aussi, du bureau de mon père.

Et voici que j'arrive, ayant fait le tour, à mes dernières images que je regarde appuyé au guéridon de marbre si lourd qui m'arriva d'un salon Empire dispersé ou d'une chambre à coucher dont tout le reste a disparu. Cette table m'a suivi partout. J'étais étonné chaque fois lorsque je réussissais, pour un déplacement, à en enlever la ronde tablette de marbre de voir que par un prodige d'équilibre celle-ci reposait sans rien briser, sans presque peser sur une sorte de circonférence élastique et légère d'acajou arrondi. Elle m'a appris à peser sans peser. J'ai acheté avec mes premières économies de jeune marié, pour mon bureau hexagonal et lambrissé de la rue Bosquet, ce lustre flamand à boule de cuivre. La boule en est perdue mais je n'ai pas voulu m'en séparer car il fit un instant ma gloire.

Mon frère Jacques à la veille de sa mort tragique, assis dans l'herbe. Lucien Bonaparte, accroché là quand je logeais dans cette chambre seule alors à posséder une salle de bain en annexe, son arrière-petite-fille la Princesse Eugénie ; les images des trois Nothomb de 1830 groupés dans un seul cadre : l'Alphonse Nothomb, ministre de la Justice en 1857 avec son regard pénétrant et dont je disais un jour qu'il ressemblait au père Hénusse alors jeune. Je ne le reconnais plus dans le père Hénusse d'aujourd'hui, et je le garde devant moi parce que son romantisme m'a toujours ému autant que la grâce de sa démarche et la vigueur de ses pensées, mais surtout parce qu'il vécut seul et en avance sur son temps et qu'après un instant de célébrité, il est redevenu aujourd'hui tout à fait inconnu. Il est proche ici du vieux Lamartine qui fut son ami, et qui dans sa longue redingote me regarde tous les jours à mon coucher et à mon réveil, droit comme un vieux militaire en demi-solde, mince et vert et un peu triste. Je l'aime comme exemple de dignité et de vigueur. Puis-je dire que je l'aime aussi parce que dans de belles lettres à mes grands oncles, ses contemporains, il traite ma famille de « Consulaire » et surtout, je l'avoue, parce que la vue, tous les jours, de ce vieil homme qui continue jusqu'à quatre-vingts ans à avoir le cœur jeune, m'a aidé à inventer « le Prince d'Olzheim » en pensant à Valentine de Cassiat, à composer, que Dieu me pardonne Attille et Maria Sobieska.

À côté de la carte d'état-major de la région, collée sur éternit près de mon lit, telle que je la ramenai pour ma consolation à l'arrière de l'auto où j'étais étendu quand je revins ici dans le plâtre, je voulais avoir près de moi la méditation constante de cette terre tellement aimée – et qui n'a pas changé. C'est la carte de Ferraris. Combien de fois ai-je déjà décrit les formes fantastiques de ces forêts qui tour à tour parmi les chemins et les villages ont sur cette carte des silhouettes d'anges, d'animaux, de serpents, de lions ? Mille fois, je me suis amusé à suivre ces reliefs, à essayer de comprendre le sens de ce pays forestier de mes ancêtres, d'en retrouver la sauvagerie, le sourire, la fraîcheur, la vigueur, la pensée dans ces contours obscurs étendus sur la terre. Jamais image ne fut pour moi si vivante et si riche. Pendant des heures de suite, elle m'aide à rêver. Au-dessus de cette carte, une Vierge dont je ne sais si elle est de la douleur ou du recueillement, elle retient de sa main sur sa poitrine sa robe noire et son voile noir descend de sa tête penchée. Est-ce la seule image sainte de cette chambre ? Mais non, je vois sur une étagère près de la cheminée une belle croix de palissandre et d'ébène dont le Christ est tombé un jour mais pour moi il est toujours présent.

Je finis par trois images qui m'accompagneront jusqu'à la mort et au-delà : les deux petites gravures de Merlemont. Et d'abord cette ruine sur la colline de Sautour. J'y suis monté avec Nicole, fille de Gérard, aujourd'hui mère Marie Saint Pierre, la veille du jour où elle est entrée au couvent. J'avais décrit un jour sur cette hauteur une jeune tzigane dansant et tentant le jeune Jean-Louis, le futur traître de « Risquons tout ». Je montais entre les ruelles que Nicole m'expliquait, par la porte de l'humble rempart, parmi les seuils du petit village. Nous sommes redescendus en causant. Je n'ai revu Nicole que bien peu de fois dans son couvent, du temps où Marie-Claire était pensionnaire au Roule et où notre vieille tante presque centenaire, la mère Saint Charles régnait sur ces lieux dont j'étais, civilement, en partie propriétaire. Voici des années que je veux revoir et que je n'ose pas. C'était une des images les plus pures et les plus saintes de ma vie, et j'ai toujours pensé qu'il y avait dans sa vocation une part infinitésimale mais infinie de son amitié pour moi. J'ai toujours sur mon cœur, dans mon portefeuille la petite prière qu'elle a écrite en redescendant de Sautour à mon intention ; elle est là parmi d'autres souvenirs plus profanes mais aussi sacrés.

C'est une autre jeune fille de Merlemont à laquelle je pense devant la seconde image. Merlemont vu d'en bas, avant sa restauration et ses tours, et avec au centre de la pelouse au pied de la colline du château ces deux peupliers d'Italie dont j'ai fait un seul dans un des poèmes du « Roi David » que personne n'a jamais compris.

Par quel mystère apparaissait déjà alors dans ma vie ce symbole tenace de l'arbre qui devait être mon dernier signe et ma dernière prière ? Renée n'était pourtant un peuplier que par son âme. J'ai depuis retrouvé dans mes souvenirs, et dans les souvenirs de ceux qui me rappellent d'anciennes paroles et d'anciens épisodes de ma vie, cette persistante présence du peuplier qui signifie toujours pour moi tant de grâce et tant de beauté.

La dernière image de cette chambre, j'allais dire la dernière image de ma vie, c'est naturellement, tout près de moi, chaque matin et chaque soir, celle d'un Peuplier qui serait peut-être assez médiocre dans sa prairie s'il n'avait pas été peint un jour par le bon Muylle qui ne se doutait de rien, pour exprimer ce que je voulais perpétuer dans les plus hautes régions de moi-même.

Pourquoi ne pas avouer aujourd'hui après tant d'années, que j'ai aimé autrefois, il y a bien longtemps, une jeune femme qui ressemblait à un peuplier ? Elle en avait la sveltesse et l'élan, le frémissement et le calme, la hardiesse et la pudeur. Elle n'a jamais su que je l'aimais et elle n'a jamais su en tout cas comment je l'aimais et à quel point je l'aimais. Mais je ne pouvais pas finir cette promenade autour de ma maison et autour de moi-même sans consacrer ma dernière pensée de ce soir, et déjà la dernière pensée de ma vie, et le dernier bonheur – si triste – de ma vie, à cette forme brute de l'arbre merveilleux, dont on disait hier à la télévision qu'il unissait pour moi la terre au ciel.

Table des matières

Remerciements

En tant que directrice de cette collection *Encres de vie* aux Éditions l'Harmattan, je remercie tout particulièrement :

Patrick Nothomb qui m'a fait confiance et m'a encouragée à éditer ce texte inédit de Pierre Nothomb (dicté et dactylographié peu avant son décès en 1966) en tant que Président de la Fondation Pierre Nothomb.

La famille Nothomb, en particulier Charles-Ferdinand Nothomb et Olivier de Trazegnies, pour leur accompagnement et les recherches iconographiques pouvant servir de base aux dessins.

La fondation Pierre Nothomb et plusieurs de ses membres dont Philippe Greisch pour leur accueil à la proposition d'édition de cet inédit de Pierre Nothomb et pour leurs relectures.

Guy Ducaté, membre de l'Académie luxembourgeoise, dessinateur et peintre pour la réalisation des dessins qui animent cet ouvrage d'une présence subtile et symbolique.

Moments de Pierre Nothomb. Huile sur toile 120x120, 2003

Guy Ducaté a bien connu Pierre Nothomb. Il lui a toujours voué une grande estime. En effet, cet homme a apporté son soutien aux artistes de la Province, au-delà des convictions et idéologies de chacun. Originaire de Bruxelles, Guy Ducaté a très tôt rejoint la Province de Luxembourg où il a été désigné comme professeur à l'Institut technique agricole de l'État à Izel en 1958.

Formé parallèlement à la peinture auprès de Michel Delvaux, il a toujours développé son art jusqu'à en faire un second métier. Sa carrière artistique est résumée sur son site très illustré : www.guyxducate.be

Structures éditoriales du groupe L'Harmattan

L'Harmattan Italie
Via degli Artisti, 15
10124 Torino
harmattan.italia@gmail.com

L'Harmattan Hongrie
Kossuth l. u. 14-16.
1053 Budapest
harmattan@harmattan.hu

L'Harmattan Sénégal
10 VDN en face Mermoz
BP 45034 Dakar-Fann
senharmattan@gmail.com

L'Harmattan Cameroun
TSINGA/FECAFOOT
BP 11486 Yaoundé
inkoukam@gmail.com

L'Harmattan Burkina Faso
Achille Somé – tengnule@hotmail.fr

L'Harmattan Guinée
Almamya, rue KA 028 OKB Agency
BP 3470 Conakry
harmattanguinee@yahoo.fr

L'Harmattan RDC
185, avenue Nyangwe
Commune de Lingwala – Kinshasa
matangilamusadila@yahoo.fr

L'Harmattan Congo
67, boulevard Denis-Sassou-N'Guesso
BP 2874 Brazzaville
harmattan.congo@yahoo.fr

L'Harmattan Mali
Sirakoro-Meguetana V31
Bamako
syllaka@yahoo.fr

L'Harmattan Togo
Djidjole – Lomé
Maison Amela
face EPP BATOME
ddamela@aol.com

L'Harmattan Côte d'Ivoire
Résidence Karl – Cité des Arts
Abidjan-Cocody
03 BP 1588 Abidjan
espace_harmattan.ci@hotmail.fr

L'Harmattan Algérie
22, rue Moulay-Mohamed
31000 Oran
info2@harmattan-algerie.com

L'Harmattan Maroc
5, rue Ferrane-Kouicha, Talaâ-Elkbira
Chrableyine, Fès-Médine
30000 Fès
harmattan.maroc@gmail.com

Nos librairies en France

Librairie internationale
16, rue des Écoles – 75005 Paris
librairie.internationale@harmattan.fr
01 40 46 79 11
www.librairieharmattan.com

Lib. sciences humaines & histoire
21, rue des Écoles – 75005 Paris
librairie.sh@harmattan.fr
01 46 34 13 71
www.librairieharmattansh.com

Librairie l'Espace Harmattan
21 bis, rue des Écoles – 75005 Paris
librairie.espace@harmattan.fr
01 43 29 49 42

Lib. Méditerranée & Moyen-Orient
7, rue des Carmes – 75005 Paris
librairie.mediterranee@harmattan.fr
01 43 29 71 15

Librairie Le Lucernaire
53, rue Notre-Dame-des-Champs – 75006 Paris
librairie@lucernaire.fr
01 42 22 67 13